U0904274

经典诗歌译丛

生如夏花

泰戈尔诗选

【印度】泰戈尔 著
糜文开 糜榴丽 译

译林出版社

目　　录

漂鸟集

序

要了解一位大诗人的诗，须先了解他的生平及思想，诗哲泰戈尔的诗，虽然清新俊逸，但是你若不了解他奥妙哲学的全部，便不能有真切的了解，而且有许多诗你会完全不知所云。泰戈尔自获得一九一三年的诺贝尔文学奖以后，他的诗风靡全球，不到十年，也引起了中国文坛的狂热，尤其在一九二四年他来华的前后，许多文艺工作者抢着译他的书，许多书店抢着出版他的译本。他的许多重要著作有了中译本，而且同一著作有的有着几个中译本，真是盛极一时。但因为是赶时髦抢译，有的译本未免草率，以致错误百出。即使认真从事的，也因了解不足，还是译得不妥帖，甚至到处出岔子。

我在台湾时，曾陆续看过许多泰翁作品的中译本，以及有关泰翁的理论和传记，到出版后六年间，又把他重要著作的英文本逐一阅读。我虽有把奈都夫人的诗和迦里陀莎的剧本译成中文的奢望，但从未想过要把泰翁的作品重译，因为翻译泰翁作品的人有很多是名家，是我所信赖的。

新德里夏季的炎热，颇不宜于文字的写作，照例有钱的人都上山避暑去了，不去避暑的人也只上午做些事，下午便家家闭户，行人绝迹，闹市一变而为死市，若有人敢驱车出门巡礼一番，一定说这里是一座鬼城，因为一切动物也都成蛰伏状态，连一条狗、一只猫也看不到，飞鸟走兽，都已蛰伏在隐蔽的地方了。我虽从未避暑，但到新德里后，夏季也总看点闲书消遣。今夏宝琛兄看中了我桌上的*Stray Birds*，读得很有兴趣，我便把郑振铎译的《飞鸟集》找给他，劝他试把郑译所缺六十八首译出来，因为这六十八首大多是这书精彩的部分。宝琛兄要我帮着一同译。我们把郑译与英文本对照着读，发现郑书已译的部分，也有不准确之处，于是我决定在办公之后以消闲的态度，参考郑译，把全书三百二十六首逐一译出。我每天译上二三首，或四五首，宝琛兄便帮我缮正，这样消夏，感觉很愉快。英国诗人叶芝曾遇到一位印度医生，对他说："我每天读泰戈尔的一句诗，世上的一切苦痛便立刻忘了。"我也真的把炎热都忘了。

我对泰戈尔的哲学有相当的理解，懂得他对宇宙万物的看法，懂得他"死是生命的一部分"的道理，懂得他"丑是不完全的美""恶是不完全的善"的意思，懂得"真相""假象"的分别，以及他对"上帝"的认识等，所以译起来并不觉得十分困难，兴趣浓厚时，在盛暑中一天译上十多首而不倦，因此不到两个月，我便把全书译完了。

泰翁这本诗集，可说是隽品中的隽品，很受中国读者的欢迎，对中国文坛的影响很大，曾引领冰心女士等专写小诗的风潮。但其中有好几首，简直不是诗，只是格言，正文第六十八首便是一例，我们虽然都译出了，但绝不可当作诗读。有几首诗原文可以有两种解释而都合于泰翁的观点的，我便采取与郑译不同的一种。

可是书名应该怎样翻译呢？"飞鸟"并不妥帖，一般译作"迷鸟"更不适切，如译"偶来的鸟"又嫌用字太拙，我拟译为"漂鸟"，但不知是否贴切，便设法找孟加拉国文原作来研究，但他孟加拉国文著作的书目中，没有相当这本诗集的书名，于是特地向几位印度学者请教，他们也回答不出来。我看到他第二首诗中便是向往漂泊者的话，更想到古代印度学者修道的四阶段，最后是云游期，尚在林栖期之后，而印度两大史诗至今尚有流浪诗人挨户去歌唱。可知印人对云游的重视，对漂泊者的尊敬。这书第一首以漂鸟象征经过森林里修道后的云游者确甚适切，再经查动物学书，知唱歌的莺类，便是漂鸟的一种，与诗句完全符合，于是我决定译作“漂鸟”。我把这个想法告诉印度朋友，也获得好些人的赞许。

郑振铎等在二十多年前已给我们做出不少开路的工作，纵有误译，也应原谅。泰戈尔的作品，有不少中译本已绝版了，如今也应该是重新把它们有系统地精译出版的时候了。但在今日的出版条件中，颇觉困难，我译这本书，也只是为了消夏，并不是为了应市。现在只记下我翻译的经过，留作纪念，将来有兴致时，不妨再拿出来读读，修改几首，润饰几字，以求格外完美，以后如有闲暇，或者也将再译几本，自然有出版的机会，也不妨就印它出来，至于对绝版书的补救，我想可以精选泰戈尔的代表作，包括诗歌、戏剧与小说，出一本集子，以飨读者。可能时我当尽力试他一下。

文开　一九四八年八月十日于新德里

1

夏天的漂鸟，到我窗前来唱歌，又飞去了。

秋天的黄叶，没有歌唱，只叹息一声，飘落在那里。

2

世界上渺小的漂泊者之群啊，留下你们的足印在我的字句里吧。

3

世界在爱人面前把他庞大的面具卸下。

他变成渺小得像一首歌，像一个永恒的接吻。

4

这是大地的泪水保持着她的微笑盛放。

5

广大的沙漠为着摇摇头笑笑就飞逃的一叶青草而燃烧着爱情之火。

6

假使当你渴念着太阳而流泪，那么你也在渴念着星星啊。

7

跳舞着的水啊，在你途中的沙砾乞求你的唱歌和流动。你愿担起他们跛者的负荷吗？

8

她的渴望的脸像夜雨般缠绕着我的清梦。

9

从前我们曾梦见我们都是陌路人。

当我们醒来时却发见我们互相亲爱着。

10

正像“黄昏”在静寂的林中，“忧愁”在我的心里已平静下去。

11

有些看不见的手指，像闲逸的微风，在我心上奏着潺波的音乐。

12

“海哟，你讲的什么话？”

“是永远疑问的话。”

“天哟，什么是你回答的话？”

“是永远的沉默。”

13

我的心，请静听世界的低语，那是他在对你谈爱啊。

14

造化的奥秘有如夜的黝黑——这是伟大的。智识的迷惘只是清晨的雾。

15

不要把你的爱置于绝壁之上，因为那是很高的。

16

今晨我坐在我的窗口，世界像一个过路人在那里停留片刻，向我点点头又走开了。

17

这些小小的思想是那沙沙的树叶声；它们有它们愉悦的低语在我的心里。

18

你是什么，你看不见，你所看见的只是你的影子。

19

我的愿望都是愚蠢的，他们的呼喊掩盖了你的歌声，我主。

让我只静听着吧。

20

我不能挑选最好的。

是最好的挑选我。

21

那些把灯笼背在后面的人，将他们的影子投在他们的前面。

22

我的存在是一个永恒的奇异，那就是生命。

23

“我们树叶有沙沙的声音去回答风雨，可是你是谁啊，这样的沉默？”

“我只是一朵花。”

24

休息之属于劳动，正如眼睑之属于眼睛。

25

人是一个才出生的婴孩，他的力量就是生长的力量。

26

上帝期待着得到回答是为了他送给我们的鲜花，并不是为了太阳或土地。

27

游戏着的光正像一个赤裸的小孩，欢乐地在绿叶丛中，他是不晓得大人会说谎的。

28

啊，美啊，你要从爱之中去发见你自己，不要向你那镜子的阿谀中去追求。

29

我的心冲激着她的波浪在世界的岸边上，在那上面用泪水写上她的签名："我爱你。"

30

“月亮你在等着什么呢？”

“要向我必须为之让路的太阳致敬。”

31

树木像是沉默的大地的渴望之音来到我的窗前。

32

对于上帝，他自己所造的每一个清晨都是一种新的奇迹。

33

生命因世界的需要而发见它的财富，因爱的需要而发见它的价值。

34

干涸的河床觉得无须感谢它的过去。

35

鸟儿希望它是一朵云。

云儿希望它是一只鸟。

36

瀑布唱道："我得到自由时我便唱出歌来了。"

37

我不能够说出为什么这颗心默然憔悴。

是为了那些他永不请求，永不认识，永不记着的小小需要而憔悴。

38

女人，当你走动着料理家事时你的手脚都在唱歌，像一条山溪在卵石中歌唱一般。

39

太阳横跨西海走去，留着他向东方的最后问候。

40

不要因你无食欲而遣责你的食物。

41

树木像是渴慕的大地翘盼着天堂。

42

你微笑着而不对我说什么，我觉得这就是我已经久候的。

43

水里的鱼是静寂的，陆上的兽是喧扰的，空中的鸟是唱着的。

但是人却具有了海水的静寂，陆地的喧扰，以及天空的音乐。

44

世界冲越过缠绵的心弦弹奏着忧郁的音乐。

45

他把他的武器当作他的上帝。

他本身是失败了，当他武器胜利的时候。

46

从创造中上帝发见他自己。

47

阴影戴着面幕，秘密地，温顺地，蹑着她静寂的爱之步，随从在光的后面。

48

星星不因仅似萤火而怯于出现。

49

我感谢你，我不是一个权力的车轮，但我却是被这车轮所碾压的活的生物之一。

50

这颗锐而不宽的心，触到每一个地方，但并未移动。

51

你的偶像被粉碎在尘埃中，这证明上帝的尘埃比你的偶像伟大。

52

人没有把他自己显示到他的历史中，他只在挣扎着通过他的历史。

53

玻璃灯斥责瓦灯称他作表兄，但当月亮上升，那玻璃灯却温和地微笑着招呼她："我亲爱的，亲爱的姐姐。"

54

似海鸥与波浪的会合，我们相会，我们亲近。

似海鸥的飞去，波浪的荡开，我们分离。

55

做完了白天的工作，我便像一只拖放在岸滩上的小船似的，静听着晚潮跳舞的音乐。

56

生命授予我们，但我们须付出生命才能得到生命。

57

当我们十二分谦逊之时，便是我们最接近伟大之时。

58

麻雀因孔雀拖着重累的尾巴而替它可怜。

59

永勿惧怕那瞬息——这就是永久唱出的歌声。

60

飓风于无路处寻觅着最短的途径，又突然在“乌有乡”停止了他的寻觅。

61

朋友，请就在我的杯中饮了我的酒吧。

当它倾入别的杯里，它的泡沫圈便消失了。

62

“完善”因“缺陷”的爱，把她自己装饰得美丽。

63

上帝对人说:“我医治你所以我要损伤你，我爱你所以我要处罚你。”

64

感谢火焰的光，但不要忘记那沉着而坚毅地站在黑影中的灯台啊！

65

小小的青草，你的步子是小的，但你占有了你踏过的土地。

66

娇嫩的花张开了她的花蕾喊着 :“亲爱的世界啊，请勿凋谢。”

67

上帝对强大的王国生厌，却永不厌恶小小的花朵。

68

邪恶经不起败创，正义却可以。

69

“我很高兴奉献了所有的水，”瀑布歌唱，“虽然少许水已足供人止渴。”

70

何处是那狂欢地不停喷发着抛送起这些花朵的源泉呀?

71

樵夫的斧头向树求取它的斧柄。

树给了他。

72

在我寂寥的心中我感觉到幕着雾与雨的嫠妇之黄昏的叹息。

73

贞操是一种财富，那是充沛的爱情之产物。

74

雾像爱情一般，在山的心上游戏，呈现着美的种种奇妙。

75

我们对世界判断错了，所以说他是欺骗了我们。

76

诗人的风是吹出去越海穿林来寻求他自己的歌声的。

77

每个婴孩的出世都带来了上帝对人类并未失望的消息。

78

青草寻求着她陆地上的拥挤。

树木寻求着他天空中的幽静。

79

人常阻塞着他自己的路。

80

我的朋友，你的声音在我心里低回不去，像海的喃喃声缭绕在静听着的松林间。

81

黑暗中的火花是天上的繁星，但那爆发火花的看不见的火焰是什么呢?

82

让生时丽似夏花，死时美如秋叶。

83

那想要做善事的人去敲着大门，那仁爱的人看见大门正开着。

84

在死之中，多数合一，在生之中，一化成多数。

当上帝死去，宗教将合而为一。

85

艺术家是“自然”的爱人，所以他是自然的奴隶，又是自然的主人。

86

“果实啊，你离我多远？”

“花啊，我就藏在你的心里呢。”

87

渴望着的是在黑暗中感觉而在白天看不见的那个。

88

露水对湖沼说："你是莲叶下面的大水滴，我是莲叶上面的小水滴。"

89

锋利的剑需要鞘的庇荫，鞘就满足于他的鲁钝了。

90

在黑暗中“一”显得混同，在光明里“一”才显出多样来。

91

大地得青草的帮助而变成可居住之所。

92

叶的诞生与死都是旋风的急速之转动，它的广大的圆圈在星座间慢慢地移着。

93

权力对世界说:“你属于我。”

世界把他俘系在她的宝座上。

仁爱对世界说:“我属于你。”

世界给他出入她寓所的自由。

94

雾像是大地的欲望。他遮蔽了大地哭喊着要的太阳。

95

别作声，我的心，这许多大树正在做祷告呢。

96

顷刻的喧闹讥笑着永久的音乐。

97

我想到那漂浮在生与爱及死的溪流上的别的年代都被忘了，我感觉到逝去的自由。

98

我灵魂的忧郁是她的结婚面纱。

这面纱等着天晚才揭去。

99

死的印记给予生的货币以价值；可以用生命去购买那真正的货物。

100

云谦卑地站在天之一隅。

黎明用光彩做王冠来给他戴上。

101

尘土被侮辱，却报以鲜花。

102

只管向前走吧，不必逗留着去采集鲜花携带着，因为鲜花会一路盛开在你的前途。

103

根是生入地里的枝。

枝是生在空中的根。

104

那遥远的夏之音乐，环绕着“秋天”扑翅寻求它的旧巢。

105

不要从你的衣袋里把功绩借给你的朋友，这是侮辱他的。

106

不可名时日的接触，像环绕老树的苔藓般依附着我的心。

107

回声讥笑她的原声去证明她是原来的声音。

108

当幸运儿夸张着上帝的特别恩典时，上帝是惭愧的。

109

我将我自己的影子抛在我的路上，因为我有一盏没有点燃的明灯。

110

个人加入热闹的群众，去淹没他自己的静默之喧声。

111

疲乏的尽头是死，但完善的尽头是无尽。

112

太阳只有单纯的光之外衣。云霞却被华丽所装饰。

113

山峰正如群儿的呼喊，高举着手臂，想要揽捉星星。

114

行人虽拥挤，路却是寂寞的，因为没有人爱他。

115

权力自夸他的祸害，为落地的黄叶与过路的闲云所笑。

116

今天，大地像是一个在太阳里纺纱的妇人，她用那忘却的语言对我低唱着一些古歌。

117

草叶值得生长在这伟大的世界上。

118

梦是一位妻子，她定要说话，

睡眠是一位丈夫，他默不作声地忍受着。

119

黑夜吻着消逝的白日，在他的耳边低语道："我是死亡，是你的母亲。我正给你新的诞生。"

120

黑夜啊，我感觉到你的美丽，正像那被爱的少妇吹熄了她的灯时一样。

121

我把衰败的世界带进我繁荣的世界里。

122

亲爱的朋友，当我倾听涛声时，我便感觉到你在这海滩上许多个深夜的伟大思想的平静了。

123

飞鸟想这是善举，如果把鱼儿举入高空。

124

夜对太阳说："你在明月里送给我你的情书，我把我含泪的答复留在草上了。"

125

“伟大”生来是一个小儿；当他死时，他把他伟大的童年留给世界。

126

不是铁锤的敲打能奏效的，只有那水的跳舞的歌声，能使石卵臻于完美。

127

蜜蜂吮吸花蜜，当他离开时便嗡嗡地鸣谢着。

华丽的蝴蝶深信花朵欠礼，应该谢他。

128

要侃侃而谈是容易的，假使你不等说出完全的真理。

129

“可能”问“不可能”道:“何处是你的寓所?”

得到的回答是:“在无能者的梦里。”

130

如果你对一切怪论深闭固拒，真理也要被关在门外了。

131

我听见有什么东西的嗖嗖声在我忧郁的心的后面响着——但是我看不见什么。

132

活动着的闲暇便是工作。

静止的海水激动成波涛。

133

叶儿在恋爱时变成花。

花儿在崇拜时变成果。

134

地下的树根并不因为使树枝生满果实而需要酬报。

135

在这风吹不息的雨夜，我看着摇曳的树枝，想到万有的伟大。

136

午夜的暴风雨，像一个巨人的小孩，在不合时的黑暗中醒来，便开始玩耍和喧闹了。

137

哦，海啊，你掀起你的波涛也追不到你的情人啊，你这孤寂的风暴之新妇。

138

“文字”对“工作”说:“我羞愧着我的空虚。”

“工作”对“文字”说:“当我一见到你，我便知道我是何等的贫乏了。”

139

时间是变更的财富，但时钟哼着谐诗，单只是变更，并无财富可言。

140

真理穿她的衣服，发觉它实在太紧窄。

在想象中，她却转动得舒适自如。

141

哦，路啊，当我仆仆风尘于这里和那里，我是讨厌你的，可是现在你引导我走向各处，我已因爱情而与你结合了。

142

让我设想，在那群星中间，有一颗星正引导我的生命通过那黑暗的未知。

143

妇人啊，你优雅的手指接触到了我的器物，便井然有序像音乐般有节奏之美了。

144

一种忧伤的声音营巢于多年的废墟间。

在夜里，那声音向我唱着 :“我爱过你。”

145

熊熊的烈火用他延烧的火舌警告我走开。

请从埋在灰中的余烬里救我出来。

146

我有空中的星星，

但是，哦，却想念我室内未点的小灯。

147

死去的文字之遗灰黏附着你。

用静默来洗涤你的灵魂吧。

148

裂口留在生命里，死亡的哀歌就从裂口送出来。

149

世界已在清晨打开了他光焕的心。

出来吧，我的心，用你的爱迎接他。

150

我的思想与这些闪光的叶子一起闪耀着，我的心由于阳光的接触而唱着；我的生命因得与万物一起飘浮进空间的蔚蓝，飘浮进时间的黝黑而欣喜着。

151

上帝的大权力是寓于和风中，并不在暴风雨里。

152

这是一场梦，一切事物都散漫着，都紧压着我。当我醒来，我将见到它们都已聚集在你那里，那么，我便得自由了。

153

“谁来接替我的职务？”落日询问。

“我将尽力去做，我主。”瓦灯说。

154

你摘取花瓣并未采集着花的美丽。

155

静默将负载你的声音，犹如鸟巢支持着睡鸟。

156

“伟大”不怕与“渺小”同行。

只有中间才远离别人。

157

黑夜暗中把花朵开放而让白日接受谢意。

158

权力把它牺牲者的挣扎当作是忘恩。

159

当我们满足地乐意时，我们就可以愉快地带着我们的果实分开了。

160

雨点吻着大地，低语道：“母亲啊，我们是你的有思家病的孩子，从天上回到你的怀抱了。”

161

蛛网要捕捉苍蝇，却假装着捕捉露珠。

162

“爱”啊！当我来时因你手中正燃烧着的愁苦之灯我得以看见你的面容，并且知道你就是“快乐”。

163

萤火对星星说："学者说你的光将有熄灭的一天。"

星星没有回答。

164

一只黎明之鸟在这黄昏的薄暗中飞到我静寂之巢来。

165

思想透彻我的心头正如雁群掠过天空。

我听见它们的翼声。

166

运河欢喜地想着那河流是专为供给他河水而存在的。

167

世界以痛苦吻我灵魂，却要求报以诗歌。

168

那在压迫着我的到底是我的灵魂想要出来到空旷之处去呢，还是那世界的灵魂敲着我的心门想要进来呢？

169

思想用它的文字培养它自己而滋长着。

170

我把我的心之缸浸入这静默之时间中，它已充满着爱了。

171

不管你有没有工作。

当你一说“让我们做点事吧”，那时就开始在恶作剧了。

172

向日葵因承认那无名之花是她的亲戚而羞愧。

太阳上升时却对无名之花含笑地说:“我的爱人，你好不好?”

173

“是谁像命运一样驱遣着我？”

“是‘自我’跨在我的背上。”

174

云儿把河之水杯注满，自己却隐藏在远处的山中。

175

在取水的途中，我把我水瓶里的水泼掉了。

很少水剩留下来以供家用。

176

缸里的水是透明的；海中的水却黝黑。

微小的真理有清晰的言辞；伟大的真理却只是伟大的沉默。

177

你的微笑是你田野的花，你的谈吐是你山松的萧萧声，可是你的心却是我们人人皆知的妇人。

178

是小东西，我把它留下给我亲爱的人——大的东西则留给大众。

179

妇人啊，你把你奥妙的泪水包围住世界的心有如海之于陆地。

180

阳光以微笑欢迎我。

雨，他的颦蹙的妹妹，对我的心谈着衷曲。

181

我的白昼的花随便地掉下它被忘的花瓣。

在晚上它长成为纪念的黄金果实。

182

我好像夜里的路，在静默中正倾听着记忆的足音。

183

在我看来黄昏的天空像一扇窗子，窗内点着一盏灯，里边正有一个人在等待着呢！

184

太忙于做好的人往往无时间去做好。

185

我是无雨的秋云，但在黄熟的稻田里，可以见到我的充实。

186

仇恨的、残杀的，大家赞美他们。

但上帝赶快惭愧地把这记忆隐藏在绿草底下。

187

足趾是不回顾过去的手指。

188

黑暗趋向光明，但盲目趋向死亡。

189

被宠的小犬猜疑宇宙要设计取得它的地位。

190

我的心啊，请安静地坐着，不要把尘埃扬起来。

让世界找出他来到你那里的路。

191

弓在箭离弦前对他低语道："你的自由是我的。"

192

妇人啊，在你的笑声里含有生命之泉的音乐。

193

一颗充满逻辑的心恰似一把四面都是锋刃的刀。

它会使那用它的手流出血来。

194

上帝喜欢人的灯光甚于他自己的巨星。

195

这世界是一个粗野的暴风雨的世界，那优美的音乐使它驯服着。

196

“我的心好像你吻着的黄金宝箱。”暮云对太阳说。

197

过分接近可能杀死；保持距离或许成功。

198

蟋蟀的唧唧声和雨点的淅沥声透过黑暗来到我耳中，一如梦之沙沙声来自我已逝的青春。

199

花对失去了所有星斗的晨空喊道：“我失去了我的露珠。”

200

燃烧的木头一面喷射着火焰，一面喊道："这是我的花，这是我的死。"

201

胡蜂想，邻人蜜蜂的蜂窝太小了。

邻人却请他造一个更小的窝。

202

堤岸对河流说："我不能保留你的波浪，

让我保留你的足印在我心里吧。"

203

白昼与这小小地球的喧嚣掩盖住全宇宙的静默。

204

歌的感觉之无限在空中，画的感觉之无限在地上，而诗的感觉之无限兼有空中与地上；

因为诗的文字之意义能行走，文字的音乐能飞翔。

205

太阳向“西方”落下时，他早晨的“东方”正静悄悄地站在他的前面。

206

让我不要把我自己歪斜地对着我的世界，而使他反对我。

207

“赞美”来羞着我，因我暗地里求取他。

208

在没有事可做时让我不做什么只在宁静的深处，像那风平浪静时的海岸之黄昏。

209

少女啊，你的淳朴，像湖水的澄碧，显示出你真实的深厚。

210

至善不会独至。

它与一切俱来。

211

上帝的右手是慈和的，但他的左手是可怕的。

212

我的黄昏来到异域的林间，说着一种我的晨星所不懂的话。

213

夜的黑暗是一只袋，黎明的金光从袋中爆裂开来。

214

我们的愿望以霓虹的彩色借给仅只似烟雾般的生命。

215

上帝等待着取还他自己的花，那花由人类的手捧着作为礼物献上。

216

我的忧思困扰我，要问我他们自己的名字。

217

果实的职务很尊贵，花朵的职务很甜美；可是让我的职务成为叶子的职务，谦逊地奉献它的浓荫吧。

218

我的心已张帆于闲风中，将驶向“任何地方”的幻影之岛。

219

众人是残酷的，但个人是和善的。

220

把我做成你的酒杯，让我的满杯供献给你，供献给你的人。

221

暴风雨就像什么神，只为大地拒绝他爱的苦痛而叫喊着。

222

世界没有损漏，因为死并不是破裂。

223

生命因失去的爱而更丰富。

224

朋友啊，你的伟大的心借“东方”的朝阳照耀着，犹如黎明时孤山的雪峰。

225

死的泉源使生的止水喷放。

226

我的上帝啊，那些什么东西都有而没有你的人，在嘲笑那些只有你而没有东西的人呢。

227

生命的活动休息在他自己的音乐中。

228

踩踢只会扬起尘埃来，不会从泥土中有所收获的。

229

我们的名字都是黑夜的海波上生出来的闪光，死时不留一点痕迹。

230

让睁眼看着玫瑰花的人只看见针刺。

231

把鸟翼装金，鸟便再不能翱翔在天空。

232

和我们地方同样的莲花开在这异域的水中，有同样的香气，但换了别的名字。

233

在心的透视中距离隐约地显得阔大。

234

月亮把她的清光照耀整片天空，黑斑却留给她自己。

235

不要说，“这还是早晨”，并借昨天的名义将它遣去。第二次看它，像看一个没有名字的新生婴孩。

236

轻烟对天空，灰烬对大地，都夸说他们是火的兄弟。

237

雨点向素馨花耳语:“永远把我留在你的心里吧。”

素馨花叹了一声“哎哟!”就掉向地面。

238

羞怯的思想啊，请不要怕我。

我是一个诗人。

239

我心里模糊的静默，似乎充满着蟋蟀的唧唧声——那灰色的微曦之音。

240

流星炮啊，你对星辰的侮慢将随着你自己回到大地。

241

你引导我从我的白天热闹的旅程去往黄昏的孤寂。

我从沉寂之夜等候这事的意义。

242

生命如渡过一重大海，我们相遇在这相同的狭船里。

死时我们同登彼岸，又向不同的世界各奔前程。

243

真理的溪流穿过错误之河渠而流出。

244

今天，我的心因越过那时之海的甜蜜的一点钟而害思家病。

245

鸟的歌是从大地反响出来的晨光之回声。

246

“是不是我不值得你来吻我呢?”晨光问杯形花。

247

小花问道："太阳啊，我要怎样对你歌唱与崇拜呢？"

太阳回答："用你纯洁的简单沉默。"

248

如果人是畜生，人比畜生更坏。

249

当乌云被光吻着时，便成天上的花朵。

250

别让刀锋讥笑刀柄的厚钝。

251

夜的静寂，像一盏深色的灯，是用银河的光点着的。

252

环绕着生命的晴岛，日日夜夜高涨着死亡的海之无穷的歌。

253

是否这座山岭像一朵花，张开着群峰的花瓣正饮吸着日光呢?

254

把真实的意思读错和把他的着重点放错便成了不真实。

255

我的心，从世界的活动中去寻找你的美丽，像帆船有风与水之优雅。

256

眼睛不拿眼力来傲人，却以戴眼镜来傲人。

257

我住在我的这个小世界里，我恐惧着要将这小世界再缩小。提拔我放进你的世界，让我有乐于失去我一切的自由。

258

虚伪培养在权力中，永远不能成为真实。

259

我的心，用歌的轻波，渴想抚爱这晴天的绿色世界。

260

路畔小草，爱着明星吧，于是你的梦想将在花丛中开花而实现了。

261

让你的音乐像一把利剑，戳进喧闹市声的心中去。

262

让树颤动的叶子像婴孩的手指般抚触着我的心。

263

我灵魂的忧郁是她的结婚面纱。

这面纱等着天晚才揭去。

264

这小花躺在尘土里。

他寻觅那蝴蝶的路径。

265

我在路的世界里。

夜来了。请打开你的大门，你的家之世界。

266

我已唱完你白天的歌。

在晚上，让我携着你的明灯通过那风雨之途。

267

我不要求你走进这屋里去。

请到我这无量的荒寂里来吧，我的爱人。

268

死亡像出生一样，都是属于生命的。

走路须要提起脚来，但也须要放下脚去。

269

我已学会你在花丛中和日光下低语的单纯意思——教我知道你在痛苦与死亡中的语句吧。

270

这夜之花已经过时，当清晨去吻她，她震颤而叹息，落到了地上。

271

透过万物的忧戚，我听到“永恒母亲”的低唱声。

272

大地啊，我来到你的岸边像一个生人，我住在你的屋中像一位宾客，我离开你的大门像一位知友。

273

当我去了，让我的思想到你处来，像那落日的晚霞接连着星空的静穆。

274

休息的黄昏，星照耀在我心中，于是让夜色对我蜜语谈爱。

275

在黑暗中，我是一个小孩。

母亲，为了你我伸出两手透过那黑夜的覆盖。

276

白昼的工作做完了，母亲，把我的脸埋在你的怀中。

让我做梦吧。

277

会面的灯已点得很久，在分手时，那灯立刻熄了。

278

世界啊！当我死了，请给我在你的静默中保留一句话：“我已爱过了。”

279

当我们爱这世界时，我们才住在这世界里。

280

让死的有不朽的名，但活的要有不朽的爱。

281

我见到你，正如一个半醒的婴孩在黎明的朦胧中看见他的母亲，于是他微笑着又睡去了。

282

我将死了再死，以认识那生命是无尽的。

283

当我在路上和众人一起走过去时，从阳台上我看见你的微笑，于是我歌唱，于是一切的喧闹都忘了。

284

爱是充实的生命，正如盛满着酒的杯子一样。

285

在他们的庙宇里，他们点着自己的灯，他们唱着自己的歌。

可是鸟儿却在你的晨光里唱着你的名字——因为你的名字就是快乐。

286

引导我到你的静默的中心吧，好让歌声来充满我的心。

287

让他们住在他们选定的爆竹喧闹的世界。

我的上帝啊，我的心正渴望着你的星辰。

288

萦绕我的生命，爱的痛苦唱着，犹如深不可测的大海，爱的欢乐唱着，犹如花丛里的小鸟。

289

把灯熄了吧，当你深切愿望时。

我将知道你的黑暗，我将爱它。

290

当日子终了，我站在你前面，你将看到我的疤痕，明白我曾经受伤，也曾经治愈了。

291

总有一天在那里另一个世界的旭光里，我将对你歌唱：“从前我曾见过你，在那地球的光中，在那人类的爱里。”

292

他日的浮云，飘进我的生命里，不再滴雨或报风，只为给我落日的天空染色而来。

293

真理激起反对自己的风暴便把自己的种子广播开了。

294

昨夜的暴风雨给今晨带来了黄金的平静。

295

真理似乎带来了终极的话，但终极的话又诞生了下一条真理。

296

名望不超过真实的人是有福的。

297

当我忘却我的名字时，你名字的甜美充满我心中——像你雾散时的朝阳。

298

静寂的夜有慈母的美，喧嚣的昼有孩子的美。

299

当人微笑时世界爱他；当人大笑时世界便怕他了。

300

上帝期待着人从智慧里重获他的童年。

301

让我觉得这世界是你的爱所形成，这样我的爱可以助它。

302

你的阳光含笑地对着我心之冬日，永不疑惑它会开春花。

303

上帝的爱只吻着那有限的，人却吻着无限的。

304

用多年的时日，你度过空荒年代的沙漠达到那成就的一刻。

305

上帝的沉默使人的思想成熟为言论。

306

永恒的旅客啊，在我的歌中你将找到你的足印之形式。

307

天父啊，你显示你的光辉在你的小孩中，让我不要玷辱你吧。

308

这是不快乐的日子，阳光在发怒的云下像一个受到处罚的小孩在他苍白的脸上留着泪痕，风的号叫好像一个负创的世界之呼号。但我知道我正旅行着去会见我的“朋友”。

309

今夜，在棕榈树的叶丛中发生骚动，海里掀起了波涛，“满月”，像世界的心之跳动。在你的静默中，你从什么未知的天空带来那爱的痛苦秘密。

310

我梦着一颗星——一个光明之岛——我就在那里诞生。在那有生气的闲逸深处，我的生命将使我的工作成熟，犹如秋阳下的稻田一般。

311

雨中湿地的气味升起来，犹如来自那渺小的群众的伟大的无声赞美歌。

312

那“爱往往会失败”是我们不能当真理来接受的一种事件。

313

我们终有一天会晓得，死亡永不能劫掠我们——劫掠我们灵魂所获得的东西，因为灵魂的所获和灵魂只是一体啊。

314

在我的黄昏的朦胧中上帝到我这里来，他带着我过去的花，这些花在他的花篮中仍保持得很鲜艳。

315

我主啊，当我生命的弦线全部调和时，于是你的每一抚触都会发出爱的音乐来。

316

上帝啊，让我真实地活着吧，这样死亡对我就变成真实了。

317

人的历史是正在忍耐地等待着那被侮蔑者的凯旋。

318

我觉得此刻你的眼光射在我的心上，犹如清晨晴和的静寂照射收割了的空旷田野。

319

我渴想着这波涛起伏的那“叫嚣之海”彼岸的“歌之岛”。

320

夜的序幕开始于落日的乐曲，这是对不可名状之黑暗的庄重赞美诗。

321

我已攀登那成名的峰巅，发现那里是一无遮蔽的凛冽而不毛的绝顶。导师啊，请在光线消失以前，领我走进静寂的山谷，那里，生命的收获正成熟为黄金的智慧。

322

在薄暮的朦胧中，一切东西看来都像幻影——尖塔的基身消失在黑暗中，而树顶也像是墨水的污斑。我将等待着清晨，我将醒来看见你的城市在光之中。

323

我曾经受苦，我曾经失望，而且我懂得什么是死，于是我很乐意于我在这伟大的世界。

324

在我的生命中有些地方是空白的，是闲静的。这些地方都是空旷之区，我忙碌的日子便在那里得到了阳光与空气。

325

解救我吧，我那不满足的过去从后面紧抱着我不容我死，请来解救我吧。

326

让这做我的最后一句话吧："我信赖你的爱。"

译者附注

查悉泰翁《漂鸟集》中诗，大多系直接用英文撰写，拙译根据单行本，其中第九十八首与第二百六十三首相同，为重复，而在《泰戈尔诗歌戏剧合集》中，已将第二百六十三首删去，以第二百六十四首改作第二百六十三首，以下各首均依次递前，成三百二十五首版本，本书仍照旧本，特加说明。

颂歌集

1

你已使我成为无限，这是你的欢喜。这脆薄的东西，你使它空了再空，而时时充实它以新的生命。

这支小小的芦笛，你曾带着越过许多山岭与溪谷，用它吹出许多永远新鲜的曲子。

在你两手的神圣抚触下，我的小小的心，消融在无边的欢快中，产生说不出的言辞来。

你给我无穷的赐予，只是在我的这双渺小的手上。年代移转着，你仍倾注，我仍有地方待充实。

2

当你命令我唱歌时，似乎我的心得意到要迸裂开来，我瞻望你的脸，泪水已含在我的眼眶。

我生命中所有刺耳的，不协调的，都融化成一片美妙的谐音——我的崇拜展开着两翼，像一只飞渡海洋的快乐之鸟。

我知道，你从我的歌唱里得到愉快。我知道，唯有作为一个歌者，我才能来到你面前。

我只有用我歌唱的远展之翼缘，来抚触你的脚，那我从来不敢想望触到的脚。

陶醉于歌唱的欢乐，我忘记了我自己。我的主啊，我竟唤你为朋友。

3

我不知道你怎样歌唱，我主！在无声的惊奇中，我兀自谛听。

你音乐的光照耀世界。你音乐的气息驰骋在天空之间。你音乐的神圣清溪，冲开一切岩石的障碍，向前奔流。

我的心渴望加入你的歌唱，但挣扎不出一点声音来。我要说话，而言语不能开放成歌曲，我叫喊不出来。唉，主啊！你已使我的心被俘于你音乐的无边罗网。

4

我生命的生命，我将永远努力保持我的身体纯洁，我明白你生命的抚摩，正触碰我四肢。

我将永远努力保持我的思想没有虚妄，我明白你就是在我心中点着理智之光的真理。

我将永远努力驱除一切邪恶远离我心头，保持我的爱开花，我明白你已供奉在我心最深处的圣庙里。

这是我的企图，把我的行动来显示你，我明白是你的感召，给我力量去行动。

5

我请求一瞬的宽容，让我坐在你的旁边，我手中的工作，让我等一会儿再完成。

看不见你的容颜，我的心就不知道安宁，也不知道休息，我的工作变成了无边劳役之海中的无底勤劳。

今天，夏季来到我窗前嘘气和低语；蜜蜂在花树的庭院弹唱他们的歌曲。

现在是静坐的时间了，面对着你，在这静寂和舒畅的闲暇中，来唱生命的献歌。

6

折取这朵小小的花吧，请勿迟延啊！我怕它会凋谢，将掉在尘土里。

也许它不值得编到你的花环里去，但还是请用你手的痛楚的一触来礼遇它。折取它吧，我恐怕在我警觉之前，夜幕降临，奉献的时间溜过了。

虽然它的颜色不深，它的香味不浓，可是，现在还及时，请把这花折下来作为你的礼拜之用吧。

7

我的歌使她卸下了装饰。她没有了服饰的骄奢。饰物会损坏我们的结合；它们会阻隔在你和我之间；它们的叮当声会淹没你的低语。

我那诗人的虚荣心，因羞惭而死在你眼前。哦，诗宗啊，我已坐在你的脚边。只让我使我的生活单纯正直，像一支笛，让你用音乐来充实。

8

小孩子被人用王子的长袍打扮着，用珍珠的项链装饰着，便失去了他游戏的一切欢快；他的服装步步牵累住他。

怕这服装被损坏或被尘土沾污，他便把他自己隔离世界，连一动也不敢动了。

母亲啊，你的华美的束缚，如果禁锢着人，使之远隔大地的健康之尘土，如果剥夺了人去到人类共同生活之大集会的入场权，这恐怕不很好吧。

9

哦，傻瓜，想把你自己背在肩膀上！哦，乞丐，向你自己的门口去求乞！

把你所有的负担，交给能担当一切的他的手中吧，永不要惋惜而后顾。

你的欲念的气息碰触着这灯，光明便立刻会从灯上熄灭。它是邪恶的——不要用它的不洁的手来拿你的礼物。只有神圣的爱所奉献的才领受。

10

这是你的脚凳，你歇足在最贫穷、最卑贱、最失意人群的住区。

我想向你鞠躬，我的敬礼不能到达那最深处，那你歇足的最贫穷、最卑贱、最失意人群之中。

你穿着谦逊的衣服步行于最贫穷、最卑贱、最失意人群中间，傲慢永远不能临近那地方。

你同那些没有朋友的最贫穷、最卑贱、最失意的人们为友，我的心从来不能找到那地方。

11

放弃这种礼赞的高唱和祈祷的低语吧！你在这门窗紧闭的庙宇之孤寂幽暗的角落里，正向谁礼拜呢？睁开你的眼看看，上帝并不在你面前啊！

他是在犁耕着坚硬土地的农夫那里，在敲打石子的筑路工人那里。无论晴朗或阴雨，他总和他们在一起，他的衣服上沾满着尘埃。脱掉你的圣袍，甚至像他一样走下尘土满布的地上来吧！

解脱吗？什么地方可以找到这种解脱？我们的主自己高高兴兴地负起创造的锁链在他身上；他永远和我们联系在一起。

放下你供养的香和花，从静坐沉思中出来吧！你的衣服变成褴褛或被染污，那又有什么关系呢？在劳动里去会见他，与他站在一起，汗流在你额头。

12

我旅行所占的时间很长，那旅行的路途也很长。

我坐在光之最初闪耀的车上出来，追赶我的行程，飞越无数世界的洪荒，留下我的辙迹在许多个恒星与行星之上。

这是最遥远的路程，来到最接近你的地方；这是最复杂的训练，引向曲调的绝对单纯。

旅客须遍叩每一扇远方的门，才能来到他自己的门；人须遨游所有外面的世界，最后才能到达那最内的圣殿。

我的眼睛先漂泊着，遥远而广阔，最后我闭上眼说：“你原来在这里！”

叫喊着问道:“啊，在哪里?”这一声消融在千股的泪泉中，同你保证的回答“我在这里”的洪水，一起泛滥了世界。

13

我要唱的歌至今尚未唱出。

我花费了我的时日在给我的乐器调整弦索。

拍子还没有调正，歌词还没有填好；只有渴望的苦恼在我心头。

花朵尚未开放，只有风在叹息。

我没有看见他的容颜，也没有听见他的声音；我只从我屋前的途中，听到他轻缓的步履声。

整天过去了，只在地板上布置他的座位；可是灯还没有点亮，我不能请他走进我屋里来。

我生活在和他会面的想望中，但这会面还没有实现。

14

我的愿望很多，我的哭喊很可怜，可是永远是你硬心的拒绝拯救了我；这刚强的慈悲已一点一滴地渗透我的生命。

日复一日，你使我值得领受那单纯而伟大的赐予，那是你自动给我的——这天空和光，这身体和生命及心灵——从太多愿望的危险里拯救了我。

有些时候我没精打采地拖延因循，有些时候我警觉地急急寻找我的目标；可是忍心地，你在我前面隐藏了起来。

日复一日，你时常拒绝我，使我值得你来完全的接纳，从懦弱动摇的愿望中拯救了我。

15

我在这里为你唱歌。在你这厅堂的一隅，有我的座位。

在你的世界里我无事可做；我无用的生命，只能无目的地乱哼一些腔调。

当黑暗的殿堂敲着午夜的钟，为你做起静默的礼拜时，我主啊，请吩咐我，来站在你面前歌唱。

当金琴在清晨的空气中调好时，请给我以荣幸，命令我在场。

16

我接到请帖来参加这世界的庆典，因此我的生命已受赐福。我的眼已见识，我的耳已领受。

在这宴会中来弹奏我的乐器，那是我的份儿，而且我已尽我所能弹奏了。

现在，我要问，是否时间终于来到了？我可以进去瞻仰你的容颜和献给你我静默的敬礼了吗？

17

我只在等着爱，最后把我交在他的手里。那就是为什么我迟延了，为什么我有这种疏忽的罪。

他们用他们的法律和规条来将我紧缚，但我总是躲避他们，因为我只在等着爱，最后把我交在他的手里。

人们谴责我，说我太随便；我也相信他们的谴责自有道理。

赶集的日子过了，忙人们的工作都已完毕。那些呼唤不到我的人已愤怒地回去。我只在等着爱，最后把我交在他的手里。

18

层云堆积，天在变黑。哦，爱啊，为什么你让我独个儿等候在门外？

中午工作忙碌时我和众人在一起，但在这昏暗孤寂的日子，我所希望的只有你。

假使你不跟我见面，假使你全然抛弃我在一边，我不晓得我将怎样度过这悠长的下雨时光。

我凝望幽暗的远天，我飘荡的心，与不息的风一起在哀泣。

19

假使你不说话，我将把你的静默充实我的心而忍耐着。犹如在星光下守候的夜，我将静候你，耐心地低着头。

晨光定会到来，黑暗行将消失，你的声音将划破天空，从金流中倾泻下来。

于是你的言语，将在自我的每一个鸟巢中扑翅而唱歌，你的曲调，将在我的所有丛林迸发成花。

20

莲花开放的那天，唉，我心不在焉，没有知道这回事。我的花篮空空，那花朵遗留着没有被注意。

只有忧思时时来袭击我，我从梦中惊起，觉得南风里有着奇异芳香的甜蜜踪迹。

那迷茫的香气，使我渴念得心痛。这在我仿佛是那夏天急切地呼吸着，在寻求它的完成。

那时我不知道它是这样近，而且是我自己的，这完美的香气是在我自己心的深处开放。

21

我一定要放出我的小船。无聊的钟点在海岸边度过——唉，我怎么的！

春天开了他的花离去了。而现在我却负荷着凋谢的无用之花，在等待，在流连。

浪潮渐渐喧噪起来，在岸上，浓荫的巷子里，黄叶且飘落。

你凝望着的是何等空虚！你是否觉得震荡着空气，有那遥远的歌声从彼岸飘来？

22

在这多雨七月的浓影里，踏着神秘的步子，你走着，如深夜的轻悄，闪避了所有守望的人。

今天，晨光闭着他的眼睛，不睬那喧哗东风的固执叫喊，一层厚厚的纱幕拉上，遮没了永远清醒的碧空。

林地静止了歌声，每间屋子的门都关着。在这条冷寂的街上，你是唯一的旅客。哦，我的唯一的朋友，我的最亲爱的，我屋子的大门开着——请不要像梦一般走了过去。

23

我的朋友，你是在这风雨之夜去到外面赶爱的旅程吗？天空像一个失望者在哀号。

今夜我没有睡眠。我时刻打开我的门向外面黑暗里探视，我的朋友！

我面前看不见什么，我不知道你走的那条路！

是从黑水河的朦胧之岸边，是从浓密森林的遥远边缘，是穿过那些幽暗的羊肠曲径，你跨着你的路程到我这里来吗？我的朋友！

24

假使白日已尽，假使鸟儿不再歌唱，假使风已疲于飘扬，那么，拉下那黑暗的厚幕，覆盖在我身上，就像你在薄暮时用睡眠的柔衾裹住了大地，又轻轻地合上那垂莲的花瓣。

那旅客的行程未达，行囊里的食物已空，衣裳破烂，满布尘埃，他已精疲力竭。请解除他的羞愧与困穷，更新他的生命，像一朵花被庇荫在你仁慈的夜幕下。

25

在这疲乏的夜里，不须挣扎，让我把自己交给睡眠，将我的信赖寄托在你身上。

让我不强迫我萎靡的精神，来勉强准备对你做礼拜。

是你把夜幕拉起，盖在白昼的倦眼上，使在醒来的清新喜悦中，更新了眼力。

26

他走来坐在我身边，而我竟没有清醒。多么可诅咒的睡眠，啊，可怜的我！

他在静夜中前来，手里拿着竖琴，我的梦魂和他的琴音共鸣。

哎哟！为什么我的夜都这样蹉跎了？唉，为什么他的呼吸已接触了我的睡眠，而我总错过对他的瞻仰？

27

灯火，啊，灯火在哪里呢？用渴望的熊熊之火点上它吧！

灯在这里，但从来不曾有一丝火焰的闪耀——你命该如此吗，我的心啊！唉，你还不如死了好些！

悲哀来敲你的门，她的讯息说，你的主醒着，他召唤你从夜的黑暗中去赴爱的约会。

浓云蔽天，雨点不停地下着。我不知道我心里有什么在扰动——我不明白它的意义。

电闪的一霎闪光，抛下在我眼前一重更深的黑暗，我的心摸索着前往，夜的音乐在呼唤我的路径。

灯火，啊，灯火在哪里呢？用渴望的熊熊之火点上它吧！雷声轰轰、风声呼呼地冲击过天空。夜黑得像一块乌石。不要让时间在黑暗中蹉跎过去。用你的生命点上爱的灯啊！

28

枷锁是牢固的，但当我要把它们打破时，我的心发痛。

自由是我所需求，但是希望获得它，我觉得羞惭。

我确信那无价之宝掌握在你手里，而且你又是我最好的朋友，但我却舍不得去清除充塞我房间的无用之物。

这披在我身上的是尘垢与死亡之衣，我憎恶它，却仍恋恋不舍地紧抱它。

我负债甚巨，我的过失很大，我的耻辱秘密而深重；但当我前来请求悔改时，我又恐惧、战栗，唯恐我的请求被允准。

29

我用我的名字把他禁闭了起来，他在牢中哭泣。我不断地忙于砌造这围墙；当这围墙一天天地高起来耸入云霄，它的黑影便把我的真我都遮得看不见了。

我得意于这道围墙，用泥沙涂抹它，唯恐在这名字上会留下一丝隙缝；我惨淡经营，使我看不见了真我。

30

我独自出门走上我的赴约之路。是谁在静寂的黑暗中尾随着我呢?

我走到旁边去躲避他的前来，但我避不开他。

他昂首阔步地扬起地上的尘埃；他把我说的每一个字都加上了他的高声。

他是我的小我，我主，他不知羞耻；但我却羞于由他随伴着到你门上来。

31

“囚徒，告诉我，是谁把你束缚？”

“是我的主人。”囚徒说，“我想我的财富与权力，可以击败世界上每一个人，我把属于我国王的财富积聚于我自己的宝库里。我昏昏欲睡，我躺在我主的床上，一觉醒来，发现已是一个在我自己宝库里的囚徒。”

“囚徒，告诉我是谁铸成这不可断的锁链？”

“就是我自己，”囚徒说，“我很小心地锻炼这条链子。我想我无敌的权力可以拘捕这世界做俘虏，我保有不受阻挠的自由。因此我日夜用烈火与重锤在这链子上下功夫。最后工作完成，已成为不可断的连环，我发现它接合了，已把我自己锁住。”

32

尘世那些爱我的人们，都用尽方法来掌握我。但你的爱不是那样的，你的爱比他们的伟大，你使我自由。

唯恐我忘掉他们，他们从来不敢随便离开我。而你呢，日子一天天地过去，你还不曾露脸。

假使在我的祈祷中不呼唤你，假使我不把你放在心上，你对我的爱依然在等待着我的爱。

33

白天，他们到我屋子里来说："我们只想在这里借用最小的一点地方。"

他们说："我们有助于你对上帝的礼拜，而且只谦恭地接受我们一份应得的恩典。"于是他们坐在屋角里，静默而谦冲。

可是在夜的黑暗中，我发觉他们闯进我的圣殿，强横而喧嚣，贪婪地从上帝的祭台上攫取着供品。

34

只要我的一小点尚存，我可以把你称为我的一切。

只要我意识的一小点尚存，我可以在我的四周感觉到你，我事事请示于你，时时把我的爱奉献于你。

只要我的一小点尚存，我可以永不隐藏你。

只要我被束缚的一小点尚存，我被你的意旨所束缚的那一小点尚存，你的意旨就在我的生命里实现——那就是你爱的束缚。

35

在那个地方，心没有恐怖，头抬得起来；

在那个地方，智识是自由；

在那个地方，世界不曾被狭窄的家国之墙分裂成碎片；

在那个地方，说话出自真实之深渊；

在那个地方，不懈的努力伸出它的手臂向着“完美”；

在那个地方，理智的清流，不曾迷失在僵化的积习之可怕的不毛沙地；

在那个地方，心灵被你引导前进，成为永远宽大的思想与行为——

进入那自由的天国，我的父啊，让我的国家醒来。

36

这是我对你的祈祷，我主——铲除，请铲除我心中贫乏的劣根。

请赐我力量来轻易地负载我的欢乐与忧患。

请赐我力量，使我的爱在服务中得到果实。

请赐我力量，使我永不遗弃贫贱，也永不屈膝于无礼的强权。

请赐我力量，使我的心灵超越于日常琐务之上。

并请赐我力量，得以用爱来把我的力量投效于你的意旨。

37

我想，我的航行在我力量耗尽时到达终点——在我面前的路已断绝，粮食已告罄，已到退居幽静隐遁之时。

但我发现，你意旨之于我，不知有终点。当旧的歌词在舌上死亡，新的曲调已从心中迸出；旧的道路虽消失，新的领域已显露它的奇迹。

38

我要你，只要你——让我的心一再说着这句话，永无穷期。日夜烦扰我的一切欲念，都纯然是虚妄与空幻。

犹如夜藏在幽暗中祈求光明，同样地，在我潜意识的深处，也响出呼声来——我要你，只要你。

犹如暴风用全力冲击和平，却依然寻求和平做它的终点；同样地，我的反抗冲击着你的爱，而它的呼声依旧是——我要你，只要你。

39

当心肠坚硬和焦渴时，请沐我以甘霖。

当优美从生命中失去时，请带来一阵歌声。

当纷扰的工作在四周吵闹着，把我和外界隔离时，我的宁静之主，请降临我这里来，带着你的和平与安息。

当我卑微的心屈躬坐着，关闭在屋角里，我的国王，请你用国王的仪式，破门而入。

当欲念以诱惑与尘埃把心灵蒙蔽时，哦，神圣的，你是清醒的，请来啊，带着你的电闪（光明）和雷霆（叱咤）。

40

在我干枯的心田，我的上帝，一旬复一旬的，盼望那隐藏了的甘霖。地平线在残酷地赤裸——没有一片柔云的最薄遮盖，远处丝毫没有冷雨的迹象。

请送来你的愤怒的风暴，要命的黑暗，假使你愿意，以电闪的鞭挞，震慑那天宇，自此极至彼极。

但是请你召回，我主，召回这充满死寂的炎热吧，它默默地，苛刻地，残酷地，以可怖的绝望烧灼人心。

让慈云自天空垂下，像父亲暴怒的日子里，母亲泪眼的照顾。

41

你在什么地方，我的爱人？你躲在他们后面，竟把自己隐藏在阴影中？他们在尘浊的路上，推开你走了过去，不把你放在眼里。我在这里等候你，陈列着给你的礼物，好困倦的钟点。这时过路人来一朵一朵地拿我的花，我的花篮差不多空了。

晨光消逝，午刻也过去了。在黄昏的幽暗中，我的眼睛蒙眬欲睡，那些回家的人们，讽示我，讥笑我，使我满心羞愧，我坐着像一个女丐，拉我的裙来掩住我的脸。当他们问我要什么的时候，我眼睛低垂，没有回答他们。

啊，真的，我怎么可以告诉他们我是在等候你，而且你也曾答应会来，我又怎么能够羞愧于说我的妆奁就是贫穷。唉，我紧握这尊荣在我心头的秘密中。

我坐在草地上，凝望着天空，梦想你突然降临的光彩——光焰冲霄，车辇上金旗飞扬，他们站在路边呆望，他们看着你从车座上走下来，把我从尘埃中扶起，坐在你旁边，这个褴褛的女丐，羞喜交袭得像蔓藤在夏天暖风中摇颤着。

但时间流转着，依然听不到你车轮的声音。好多仪仗的行列在光彩夺目、喧阗呼号中经过了。是不是你只要静默地站在他们的后面？是不是我只能哭泣着等待，折磨我的心于徒然的渴望呢？

42

在早晨我们低语着要划船出去，只有你和我，世界上不会有人知道这事，知道我们的遨游是没有目的地也没有尽头的。

在那无边的大洋中，在你静听的微笑中，我的歌音调高扬，似海波般自由，从一切言辞的束缚中得到自由。

是否时间还未到？是否有事还待办？看啊，黄昏已降临海岸，在那苍黄的暮色中，海鸟已成群飞来归巢。

有谁知道要何时才可以解缆，像落日的最后余光，船儿消失在黑夜中？

43

那天，我没有准备好等候你来，你却像平常人一样不请自来，进到我心中，我还未知道。我的国王，你已经盖了不朽的印记，在我生命的许多飞逝时光上了。

今天，我偶然照见了你的签盖，我发现它们已散乱地和我遗忘了的日常哀乐的回忆混杂在一起，被抛掷在尘埃里。

你没有鄙夷地转身背向着我，当我童年时代嬉戏在尘土中；而我在游戏室里所听到的跫然足音，与群星间的回响相同。

44

这是我的欢喜，乌云逐日，雨随夏来的时节，在这路边等候和守望。

从不知的天空带信来的使者们，向我问候又疾行赶路。我心里愉快，吹过的风带来阵阵清香。

这里，自朝至暮我坐在门前，我知道我会见到你，那快乐的片刻将突然莅临。

这时我独自微笑，我独自唱歌。同时空气中也弥漫着应允的芬芳。

45

你有没有听见他的静静脚步？来了，他来了，时刻在来。

每一瞬与每一代，每一日与每一夜，来了，他来了，时刻在来。

在许多种情境下，许多支歌我已唱过，但所有的调子常常宣告："来了，他来了，时刻在来。"

在晴和四月的芳香日子，经过森林的小径，他来了，来了，时刻在来。

在七月之夜的阴雨朦胧中，坐着云雾的雷车，他来了，来了，时刻在来。

在忧患频仍中，他的脚步，响在我心上，而他的脚的黄金之抚触，使我的欢乐生辉。

46

我不知道从多么久远的时候起，你就时常走进来会见我。你的太阳和星辰，永远不能隐藏你使我看不见。

在许多个清晨和黄昏，我听见你的足音，你的使者已来到我的心里秘密地召唤我。

我不知道为什么今天我的生活完全激动了，一股狂喜的感觉贯穿了我的心头。

就像结束工作的时间已到，我感觉到在空气中有你光临的微香。

47

枉费了几乎一整夜的工夫等他，又落了空。只怕早晨我正倦乏入睡，他却突然来到我门前。啊，朋友们，把入口给他开放吧——不要拦阻他。

假使他的步履声没有把我惊醒，那么不要叫醒我，我请求你。我希望鸟儿合唱的喧哗，与晨祭之风的骚扰，不要把我从睡梦中吵醒。让我安静地睡着，即使他忽然来到我门前。

啊，我的睡眠，宝贵的睡眠，这睡眠只等着他的抚触去消失。啊，我闭着的眼睛，只在他微笑的光中才睁开眼睑，当他站在我面前，犹如一个梦从睡眠的黑暗中浮现。

让他成为一切光明和形象在我眼前的最初呈现。让我唤醒的灵魂之最初欢乐的感动，从他对我的一瞥中到来。

48

清晨的静海，漾起鸟语的涟漪；傍路的杂花，都呈现愉悦之色；云霞的隙缝，散射出黄金的财富。可是我们匆忙地奔向我们的前程，何曾加以注意？

我们没有唱那愉快的歌，也未曾弹奏乐曲；我们没有去村集做交易；我们不发一语，不展一笑；我们未曾在路上有所逗留。追随时间的疾逝，我们加速了我们的脚步。

太阳升到中天，斑鸠在荫翳中和鸣。枯叶在中午的炎风里急转而舞，牧童在榕树荫里瞌睡入梦，于是我也在水边躺下来，摊开我倦怠的四肢在草地上。

我的同伴轻蔑地笑我；他们昂首疾步，急速前进；他们不回顾一下，也不休息一会；他们消失在远处的青色雾霭中，他们横穿许多草原，攀越许多山岭，经过许多遥远的生疏异域。长征队的英雄们啊，光荣是属于你们的，讥笑和责骂鞭策我起来，但我却没有反应。我让我自己沉浸在甘受屈辱的深渊——在一个模糊的欢快之阴影里。

阳光绣成的绿荫之静穆，慢慢地笼罩住我的心。我已忘却旅行的目的，我毫无抵抗地把我的心灵交给影与歌之迷宫。

最后，当我睡醒了睁开眼来，我看见你站在我身边，我的睡眠沐浴在你的微笑里，我为什么要害怕那路途的遥远与困难，要害怕努力到达你面前的艰苦呢！

49

你从宝座上走下来，站在我茅舍门前。

我正在一隅独自歌唱，歌声进入你的耳中。你下来站在我茅舍门前。

在你的大厅里有很多名家，歌曲不停地在那里唱着。但这个生手的简单颂歌，却叩应了你的爱。一支悲哀的小调，与世界伟大的音乐融合了，带着一朵鲜花作为奖品，你走下来站在我茅舍门前。

50

我在乡村的小路中沿门行乞，你的金辇从远处出现，恰像一个炫耀的梦，我惊诧谁是这个王中之王啊！

我的希望高升，我想我的厄运已告终，我伫候着不须请求的施舍，等待那散布在尘土中的财宝。

车子在我站立的地方停住了。你的视线投在我身上，你带着笑容走下来。我觉得我今生的幸运毕竟来了。忽然你伸出右手来说："你有什么给我呢？"

呵，你开的什么样的帝王的玩笑，摊开手掌向一个乞丐求乞！我惶惑，我呆呆地站着，然后从我的佩囊中慢慢地拿出几小颗谷粒来给你。

但我是怎样的惊奇啊，当晚上我把佩囊倒空在地板上，我发现一些细小的金粒混在乞得的几样粗劣东西中。我痛哭，我多么愿望我慷慨地把我所有的都献给你啊！

51

黑夜已到。我们白天的工作业经做完。我们以为投宿的客人都来了，村里的门都关上了。有的人说，国王是要来的。我们笑了笑说道："不，这是不可能的！"

那边好像有叩门的声音，我们说，没有什么，这不过是风罢了。我们熄灭了灯躺下睡觉。有的人说："这是使者！"我们笑了笑说道："不，这一定是风！"

在死寂的夜里传来一种声音。我们朦胧中以为是远方的雷声。地震墙摇，我们在睡梦中受了惊扰。有的人说："这是车轮的声音。"我们在昏睡中发出怨言："不是，这一定是隆隆的雷响！"

鼓声响起时夜还是漆黑。有声音喊道："醒来！不要耽误了！”我们用手按在心头，因恐惧而战栗。有的人说：“看啊，这是国王的旌旗！”我们站起来叫喊：“不能再耽误了！”

国王已经来了——但是灯在哪里呢？花环在哪里呢？给他坐的宝座在哪里呢？啊，惭愧，啊，太惭愧了！大厅在哪里？摆设又在哪里呢？已有人在说：“叫喊也无用了！空手去欢迎他吧，领进你全无布置的空房里去吧！”

把门打开，把法螺吹响吧！国王已于深夜降临我们黑暗凄凉的屋里来了。空中雷声吼鸣，闪电使黑暗震颤。拿出你的破席铺在院子里吧。在可怖之夜，我们的国王同暴风雨一起突然到来了。

52

我想我应该请求你——但我不敢——请求你项间的玫瑰花环。因此我等待着早晨，想在你离开的时候，从你床上找些残片。我像一个乞丐般在黎明时就来寻找，只为着一两片落下的花瓣。

唉，我啊，我找到了什么？你留下了什么爱的纪念品？这不是花，不是香料，不是香水的瓶子，这是你的一把巨大宝剑，火焰般闪光，雷霆般沉重，清晨的朝阳从窗外照在你床上。晨鸟喳喳喊喊地问："妇人，你得到了什么？"不，这不是花，不是香料，不是香水的瓶子——这是你可怕的宝剑。

我坐在窗口沉思，你这是什么赠品呢？我找不到地方藏放它。我不好意思佩带它，我是这样的柔弱，当我抱它在怀里，它刺伤了我。但这痛楚负担的荣宠，我还是要铭记在心，你的这个赠品。

从此，我在这世界上不再有恐惧，在我的一切奋斗中，你将得到胜利。你留下死亡做我的伴侣，我将用我的生命给他加冕。我带着你的宝剑来斩断我的束缚，在世界上我不再有恐惧。

从此，我抛弃一切琐碎的装饰。我心之主，我不再等待着要什么而在室隅哭泣，也不再娇羞畏怯，你已把你的宝剑给我来佩带，不要再给我玩偶的装饰品了！

53

你的手镯真美丽，用星星来镶嵌，精巧地制成五颜六色的珠宝。但在我看来，你的宝剑更为美丽，那弯弯的闪光，好像毗湿奴的金翅鸟展开的双翼，完美地静悬在夕阳的愤怒红光里。

它颤抖着，像生命受死亡的最后一击时，在痛苦的昏迷中所发的最后反应；它闪耀着，像存在的纯火烧掉尘世官能时的猛烈的一闪。

你的手镯真美丽，镶嵌着星辰的珠宝；但你的宝剑，啊，雷霆之主，是用卓绝的美丽铸成，使人望之生畏，思之心悸。

54

我没有向你要求什么；我没有对你说出我的名字。当你离开时，我只静静地站着。我独留在树影横斜的井边，妇女们都已顶着盛满井水的黄色瓦瓶回家了。她们呼唤我："跟我们一起走吧，早晨已过，快到中午了。"但是，我沮丧地踌躇片刻，又迷失于模糊的沉思中。

你前来时我没有听见你的足音。你一双含愁的眼睛望着我；你的声音疲弱，低声说——"啊，我是一个口渴的旅客。"我从梦幻中惊起，把我瓶里的水倾注到你捧在一起的手掌里。树叶在头顶沙沙地响，杜鹃在隐蔽的幽暗处歌唱，曲径里吹送来巴勃拉的花香。

当你问到我的名字，我羞得竟站在那儿一句话也说不出。真的，我曾替你做了什么，值得你来挂念呢？但是我幸能给你清水止渴的回忆，将温馨地依附在我心头。时光已不早，鸟儿唱出倦声，尼姆树叶在头顶沙沙地响，我坐在那里，想着，一再想着。

55

倦乏压在你心头，瞌睡还在你眼上。

你没有听到这句话吗？“荆棘丛中花盛开。”醒来，哦，醒来吧！莫任光阴蹉跎。

在石径的尽头，在未垦的荒寂之乡，我的朋友独坐着。不要欺骗他。醒来，哦，醒来吧！

万一天宇因午日之炙热而喘息震颤——万一燃烧的沙地展开它的干渴的外缘——

在你心的深处，难道没有欢乐？你的每一声足音，不将使路之琴迸出痛苦的甜蜜乐曲？

56

你给我的欢乐是这样的充实，你曾降临我处，哦，你诸天之主，假使你不爱我，谁还能得你爱呢?

你把我作为共享这全部财富的伴侣，你的欢乐，在我心中无止境地戏游。你的意旨，在我生命中不断实现。

因此，你这万王之王，曾把你自己打扮得很美丽的来博取我的心。因此，你的爱消融在你的爱人的爱中，在那里，你在两人的完美结合中显现。

57

光啊，我的光，充溢世界的光，吻接眼睛的光，芳香心坎的光！

唉，我的爱啊，光舞蹈在我生命的中心；我的爱啊，光敲奏我爱的弦索；天宇开朗，清风狂驰，笑声响彻大地。

蝴蝶扬帆于光之海。百合与素馨涌现于光之浪的冠部。

光碎成黄金于每朵云上，我的爱啊，光缤纷地散布无数珠宝。

树叶间伸展着愉快，我的爱啊，欢乐无量。天河淹没了两岸，喜悦的泛滥四散奔流。

58

让一切快乐的曲调，都融合在我最后的歌中——那使大地在极度放逸中涌现青草的快乐，那使生与死两个孪生兄弟舞遍广大世界的快乐，那带着暴风雨来卷扫，带着笑声来震撼苏醒一切生命的快乐，那含泪默坐在苦痛所开的红莲花上的快乐，那一字不识，便把一切所有抛掷于尘埃中的快乐。

59

是的，我知道，这不是别的，只是你的爱，哦，我心爱的人儿——这在叶上舞蹈的金光，这些驶过天空的闲云，这把凉爽留在我额头的过路清风。

晨光已注满我的眼睛——这是你给我心的讯息。你的容颜俯下，你的眼睛望着我的眼睛，我的心已抚触到了你的双足。

60

在这无垠世界的海边，孩子们相会。

这辽阔的天宇静止在上空，这流动的水波喧噪着。在这无垠世界的海边，孩子们相会，叫着，跳着。

他们用沙造他们的房屋，他们用空的贝壳玩着。他们用枯叶织成的船，一只只含笑地浮到大海里去。在这世界的海滩上，孩子们自有他们的玩意儿。

他们不懂得怎样游泳，他们不懂得怎样撒网。采珠者潜水摸珠，商人在船上航行，可是孩子们把卵石聚集起来又撒开去。他们不搜寻宝藏，他们不懂得怎样去撒网。

海水大笑着掀起波涛，苍白闪耀着海滩的笑容。凶险的浪涛对孩子们唱着无意义的歌曲，就像一个母亲正在摇着她婴孩的摇篮。大海与孩子们一起玩着，苍白闪耀着海滩的笑容。

在无垠世界的海边孩子们相会。暴风雨遨游在无径的天空，船只破裂在无轨可循的水中。死神已出来，而孩子们在玩耍。在无垠世界的海边是孩子们的伟大相会。

61

睡眠扑翅飞息在孩儿的眼睛上——是否有人知道这睡眠来自何处？是的，有一个传闻说：睡眠居住在森林浓荫中的神仙庄。那里，萤火虫放着朦胧的微光；那里，悬垂着两个迷人的羞涩花蕾。睡眠就从那里飞来吻着孩儿的眼睛。

微笑闪动在孩儿的嘴唇上，当他睡眠的时候——是否有人知道这微笑诞生在何处？是的，有个传闻说：一弯新月的初生之淡光碰触着消散的秋云之边缘。那里，微笑最初出生于一个露洗清晨的梦中——微笑闪动在孩儿的嘴唇上，当他睡眠的时候。

芬芳柔嫩的新鲜气开放在孩儿的四肢上——是否有人

知道这早先藏匿在何处？是的，当母亲还是一个少女，它便充满在她的心里，在爱的关注与静穆之神秘中——这芬芳柔嫩的新鲜气已在孩儿的四肢上开放。

62

当我带给你彩色的玩具，我的孩子，我明白为什么有这样颜色的变幻在云霞上，在水面上。为什么花要染着色彩——当我把彩色的玩具给你，我的孩子。

当我唱着歌使你跳舞，我才真正知道为什么树叶里有音乐，为什么浪涛传出合唱曲到静听之大地的心里去——当我唱着歌使你跳舞的时候。

当我带糖果给你贪得的手，我知道为什么花之杯中有蜜，为什么水果暗地里饱含着甜浆——当我带糖果给你贪得的手的时候。

当我吻着你脸使你微笑，我的宝贝，我确实明白什么是晨光里从天上泻下来的喜悦，什么是夏天的凉风带给我身体的愉快——当我吻你使你微笑的时候。

63

你已使我认识我素不相识的朋友。你已在许多别人的家里给我位子。你已缩短了距离，使生人变成兄弟。

当我离开我熟悉的庇护所，我心绪不宁，我忘记那是旧人迁入新居，那里，你也住着。

透过生与死，不论今生或来世，到处是你引导我，总不离你，你是我无限生命的唯一伴侣，永远用快乐的带子，把我心和陌生人的心联系在一起。

人只要认识了你，便没有一个是异邦人，也无门户不开放。哦，准许我的祈祷，准许我在众生的游戏中，永不丧失抚触那“唯一”的福分。

64

在那荒凉河边斜坡上的长草间，我问她："姑娘，你用衣服遮着灯，要到哪儿去？我的屋里漆黑而孤寂——把你的灯借给我吧！"她抬起她乌黑的眼睛，从暮色中看着我的脸一会儿。"我到河边来，"她说，"来把灯盏漂浮在河面上，当日光西沉之时。"我独自伫立在长草间，望着她的灯的怯弱火焰无用地漂流在潮水上。

在集会之夜的静寂处，我问她："姑娘，你的灯火都点上了——那么，你带着这灯到哪儿去啊？我的屋里漆黑而孤寂——把你的灯借给我吧！"她抬起她乌黑的眼睛看着我的脸，犹豫地伫立片刻。最后，她说："我来供奉我的灯给上天。"我伫立着，望着她的灯无用地点燃在天空中。

在那无月的子夜朦胧中，我问她："姑娘，你把灯抱在心口做什么呢？我的屋里漆黑而孤寂——把你的灯借给我吧！"她站住想了一分钟，在黑暗中凝视着我的脸。她说："我带着我的灯来参加灯节的。"我伫立着，望着她的小灯无用地消失在众灯之间。

65

从我这生命的满杯中，你要喝什么样的神酒，我的上帝？

你是不是乐意，经我的眼来观看你的创作，站在我的耳门口来静听你自己的永恒谐音，我的诗人？

你的世界在我的心灵中编填字句，你的欢乐又给字句配上乐曲。在爱之中，你把你自己交给了我，于是从我身上，感觉到你自己的完美之芳香。

66

她一向居留在我生命的深处，居留在那微光的闪烁隐现中；她，从未在晨光中揭开她的面纱。我的上帝，我要把她包在我最后的一支歌里，作为我最后的礼物献给你。

无数求爱的话已说过，还是赢不到她；对她伸出渴慕之臂来劝诱也徒然。

我把她保藏在心底，到处云游，我生命的荣枯，环绕着她起落。

整个我的思想与行动，我的起居和梦寐，都被她统御了，但她依然分居而独处。

许多人已叩过我的门来访问她，但都失望地转身回去。

在这世界上没有一个人曾当面见过她，她仍在孤寂中静候你的赏识。

67

你是天空，你也是窝。

啊，你，美丽的，在窝里的是你的爱，这爱用颜色、声音和香气来围绕灵魂。

清晨从那边来了，她右手提着金色花篮，篮里装着美丽的花冠，悄悄地去给大地加冕。

黄昏从那边来了，她越过无人畜牧的荒寂草地，穿过车马绝迹的小径，在她的金瓶里，带来宁静的西方大洋之和平凉风。

但在那边，那边展开着广大无际的天空，洁白的光辉统御着，给灵魂去飞翔。在那边无昼亦无夜，无形亦无色，而且永远没有，永远没有一句言语。

68

你的阳光来到我这大地上，伸开手臂整天站在我的门前，要把我眼泪、叹息和歌曲所做的云霞带回，放到你的脚边去。

你非常欢喜，贴紧你缀星的胸，披上这云霞的衣，变化出无数的式样和褶纹来，还染上时刻变幻的色彩。

它是这样的轻巧，这样的迅捷，这样的柔弱多泪而暗淡，这是你为什么爱惜它的原因。哦，你这澄澈无瑕者，这就是为什么它可以用可怜的阴影遮盖你慑人的白光了。

69

就是这生命的溪流，日夜奔流过我的血管，奔流过世界，在韵律的节拍里舞蹈。

就是这同一的生命，快乐地透过大地的尘土，放射出无数片的青草，迸发成繁花密叶的缤纷波纹。

就是这同一的生命，在潮汐涨落中，摇动那生与死的大海摇篮。

我觉得我的四肢受这生命世界的抚触而变得光彩。我的自负，是因为时代的脉搏，这时正在我的血液中跳动。

70

这欢快的韵律不能使你欢快吗？不能使你回旋颠簸，消失破裂在这可怖的欢乐旋转中吗？

万物向前冲驰，不停留也不回顾，任何力量都不能把它们挽回，它们只顾向前冲驰。

季节应和着这不停息的急促音乐的步伐，来跳过舞又去了——颜色、音调和香气，在这充溢的欢乐中，流注成无尽的瀑布，每一瞬间在溅散，在撤退，在死亡。

71

我应该光大自己，周旋肆应，投射彩影于你的光芒上——这就是你的迷妄幻境。

你在你自己体内安排一道障壁，用无数不同的音调，来呼唤你被分隔的自身。你这分隔的自身，已在我之中形成。

高歌的回声响彻天宇，在多彩的泪与笑，震惊与希望中回应着；波涛起伏，梦破梦圆。在我之中是你自身的破坏。

你卷起的这重帘幕，被昼与夜的画笔描绘了数不清的花样，这幕的后面，你的座位是用奇妙神秘的曲线织成，抛弃了一切端正无味的线条。

你和我的伟丽的展览已布满天宇。你和我的歌音，使整个太空颤动，一切时代在你和我的捉迷藏中过去了。

72

就是他，那至真之一，用他看不见的抚触来觉醒我的灵魂。

就是他，在我这双眼睛上施他的法术，又快活地使我的心弦弹奏出苦与乐的种种调子来。

就是他，织造金和银，青和绿的易消失色彩的“摩耶”（魔幻）之衣（来炫惑人），又把他的双足露出在衣褶的外面，让我得抚触而忘我（觉醒）。

日子不断地来，年代便接连地过去了。就是他，永远用许多个名字，许多个形式，许多个极乐与深忧，来打动我的心。

73

我须在绝欲自制中得救。在千万愉快的约束中，我感觉自由的拥抱。

在这瓦罐之中，你时时为我斟上各种不同色香的新酒之满杯。

我的世界，将用你的火点亮不同的百盏明灯，放到你庙里的祭台前来。

不，我将永不关闭我感觉之门。那视之愉快，听之愉快，触之愉快，将带来你的愉快。

是的，我的一切幻想会燃成欢乐的灯彩，我的一切愿望，将红熟成爱之果实。

74

白天过去了，暗影笼罩大地。是我拿水瓶到河边汲水的时候了。

晚风借流水的悲戚音乐显示出急切来。嗳，这是呼唤我出来到暮色中去啊。静寂的空巷里行人绝迹，风刮着，水波在河里腾跃。

我不知道是否应该回家去。我不知道会碰巧遇见什么人。那边浅滩的小舟里，有个不相识的人正在弹琵琶。

75

你的恩赐，给我们世人满足我们一切的需要，但仍毫未减少地返回你处。

河流有它每天的工作，匆忙地疾驰过田野与村落；但不断地流泻，仍曲折地回来洗濯你的双足。

花朵用香气使空气芬芳；但最后的服务，仍在奉献给你。

对你的供奉不会使世界贫乏。

从诗人的字句里，人们摘取他们自己喜欢的意义；但诗句的终极意义是指向你。

76

日复一日地过去，啊，我的生命之主，我能够站在你跟前，面对着面吗？啊，一切世界之主，我能够恭立在你跟前，面对着面吗？

在你宏峨的天宇下，庄严而静寂，我能够以恭敬之心，站在你跟前，面对着面吗？

在你这个劳碌的世界里，喧扰着劳役与挣扎。在攘攘的人群中，我能够站在你跟前，面对着面吗？

当我现世的工作已做完，啊，万王之王，我能够悄悄地一个人站在你跟前，面对着面吗？

77

我知道你是我的上帝，远远地站开着——我不知道你就是我自己的，应该走近你。我知道你是我的父亲，在你的脚前俯伏——我没有紧握你的手把你当作我的朋友。

我没有伫候在你降临的地方，怀抱你在我心头，把你占有，作为我的伴侣。

你是我兄弟们的兄弟，但我不睬我的兄弟们，没有把我的所得分给他们，以为这样做，才能把我的一切和你分享。

在欢乐和苦痛中，我都没有站在大众的一边，以为这样做，才能站在你身边。我畏缩着不肯奉献我自己的生命，因此我没有投入生命的洪流。

78

当宇宙初创时，星辰做它们第一次灿烂的照耀，诸神在空中聚会，齐声唱道："啊，完美的图画！啊，纯粹的快乐！"

但有一位突然叫起来——"那边光链上好像有个裂痕，少了一颗星。"

顿时他们竖琴的金弦断了，他们的歌声停了，他们惊惶地喊着——"对了，失踪的一颗星是最美丽的，她是全天空的光荣！"

从那天起，不断地找寻她，众口相传地说，因她的失去，世界已失去了一种快乐。

只有在夜的最静寂之时，星辰才现出微笑，互相低语——"枉费的寻觅！无缺的完美正笼盖着一切！"

79

假使我今生没有福分见你，那么，就让我永远感到恨不相逢的遗憾了——让我念念不忘，无论在寤寐梦魂之中，都负荷着这悲哀的痛楚。

我的日子，消磨在这个尘世的闹市，我的双手，握满了每日的盈利，让我永远感到自己一无所获——让我念念不忘，无论在寤寐梦魂之中，都负荷着这悲哀的痛楚。

当我坐在路边，疲乏而喘息着，当我摊开我的铺盖在尘土中，让我永远感到这遥远的路程仍在我前面——让我念念不忘，无论在寤寐梦魂之中，都负荷着这悲哀的痛楚。

当我的屋子装饰好了，笛声和笑声在里面响起来，这时让我永远感到，我未曾邀请你驾临寒舍——让我念念不忘，无论在寤寐梦魂之中，都负荷着这悲哀的痛楚。

80

我像一片秋天的残云，无用地浮游于天空，哦，我的永远光华的太阳，你的抚触尚未消散我的烟雾，使我与你的光明合一，因此我只计算着与你分离的悠长年月。

假使这是你的愿望，假使这是你的游戏，那么，请把我这瞬逝的空虚，施以色彩，饰以黄金，让它飘向多情的风里，舒卷成种种的奇观吧。

还有，当你愿意在夜晚终止这游戏时，我将在黑暗中，或者在洁白晨光的微笑中，在晶莹透明的清凉中，消融散失。

81

在许多闲散的日子里，我哀伤蹉跎了的光阴。但是我的主啊，光阴并没有蹉跎。你掌握住了我生平的每一寸光阴。

潜藏在万物的心坎里，你培植种子萌芽发叶，蓓蕾绽放花朵，花落结成果实。

我疲乏了，懒懒地躺在床上，想象着一切工作都已停歇。早晨醒来，却发现我花园里开满了奇花异卉。

82

我的主啊，你手里的时间是无限的。你的分秒是无法计算的。

昼尽夜临，夜去昼来，时代像花开花落。你知道怎样来等待。

你的世纪，一个接着一个，来完成一朵小小的野花。

我们的光阴不可蹉跎了，因为没有时间，我们必须争取我们的机会。我们太贫苦了，决不可迟到。

因此，我把时间给每一个急切要求它的人，时间便溜过，到最后你的祭坛上是空着的，没有一点供物。

到一天的终结时候，我慌忙赶来，诚恐你的门已关上；但我发现还有充裕的时间。

83

母亲，我将用我的悲泪给你穿成珍珠的项链，挂在你颈上。

许多颗星已制成踝镯来装饰你的双足，但我的珠链要挂在你胸前。

名利来自你处，把它们赠授或扣留也全凭你。但我这悲哀却完全是我自己的。当我把它作为我的孝敬来献给你，你用你的慈爱来报答我。

84

离别的悲愁弥漫着整个宇宙，在无际的天空，产生无数的情境。

就是这离别的悲愁彻夜静默地凝望星辰，由闪烁的星辰，变成多雨七月的黑暗中那萧萧树叶间的抒情诗。

就是这弥漫的悲愁，加深而成为爱与欲，成为人世的苦与乐；而且就是这永远通过我诗人的心，融化流露成为诗歌。

85

当战士们最初从他们主人的大殿走出来，他们的威力藏在哪里呢？他们的盔甲和武器藏在哪里呢？

他们看起来是可怜而无助的，他们从主人的大殿出来的那一天，箭像雨一般向他们飞射。

当战士们凯旋，再回到他们主人的大殿里去，他们的威力藏在哪里呢？

他们把刀剑和弓箭一齐放下，和平显现在他们的眉宇间。他们凯旋，再回到他们主人的大殿里去，他们留下生命之果在他们的后面了。

86

死，你的侍从，来到我的门口，他远涉未知的海，传达你的命令到我家。

漆黑的夜，我心里很恐怖——但我仍将拿我的灯，开我的门向他鞠躬欢迎。因为站在门口的正是你的使者。

我将含着眼泪合掌朝他礼拜。把我心之珍宝放在他的脚边，我朝他礼拜。

他将完成了使命回去，在我的清晨留下一个暗影；于是在我凄凉的家里，只有茕独的自我剩留着，作为献给你的最后供品。

87

怀着无望的希望，我向我每一个屋角寻找她，我没有找到她。

我的屋子很小，一旦丢失什么，便永远找不回来。

可是，你的大厦是无边的，我主，我上你的门来找她了。

我站在你晚空的金幕下，高抬我热切的眼睛望着你的脸。

我已来到了永恒的边缘，这里一切不能隐灭——无论是希望，无论是幸福，无论是透过眼泪见到的一张脸。

啊，把我空虚的生命浸入这大洋吧，投进这最深的完满吧。让我在宇宙的完整里，觉到一次失去的甜蜜抚触吧。

88

破庙里的神啊！断弦的箜篌已不再弹唱你的颂歌。晚钟也不再宣告向你礼拜的时间。在你周围的空气是静寂，是沉默。

你荒凉的寓所，来了荡漾的春风，它带来了香花的音讯——这香花的供养，不再奉献给你了。

你的礼拜者，那些总是漂泊的人，永远在渴望得到那尚未得到的恩赐。黄昏时分，灯与影掩映在隐约的尘雾中，他疲惫地带着饥饿在心头，回到这破庙里来。

破庙里的神啊，好多个节日静悄悄地过去了。好多个礼拜之夜，灯也没有点上。

精巧的艺术家塑造的许多新神像，都依时送到圣河里湮没了。

只有破庙里的神，遗留在无人礼拜的不死的冷淡中。

89

我不再高声说话，吵闹别人——这是我主的意旨。从今以后，我要低声细语，我将把我心中的言辞，用轻婉的歌声表达出来。

人们急急忙忙地到国王的市场上去。买卖的人们都在那儿，但我却在交易正忙的中午，不合时宜地离开那儿。

虽然不是开花季节，可还是让花朵开在我的花园里吧；也让那些中午的蜜蜂去弹奏着懒洋洋的嗡嗡调吧。

我把整个的时间，耗费在善与恶的挣扎中，但现在是我暇日游伴的雅兴，把我的心引到他那儿。我不知道这突如其来的召唤，会带给我怎样的不必要的烦恼！

90

当死神来敲你门的时候，你将把什么奉献给他呢？

哦！我将在我的贵宾面前摆下斟满的生命之杯——我绝不会让他空手而去。

当死神来敲我门的时候，我愿把所有我秋日和夏夜的丰美收获，以及我匆促生命中所贮存获取的一切，统统都摆在他的面前。

91

哦！你这生命的最后完成者，死神，我的死神，来吧！来向我低语吧！

日复一日地我等待着你，为了你，我忍受着生命中的欢乐和苦痛。

我所存在的一切，所有的一切，所希望的一切，以及我所喜爱的一切，都在秘密的深处向你奔流，经你眼神的最后一瞥，我的生命就永远归属于你了。

花环已经为新郎编扎好，婚礼过后，新娘就要离开她的家，与她的主人在幽静的夜里单独相会了。

92

我知道那一天将会来到，当尘世从我眼中消失，生命将悄悄地告别，在我眼前拉下最后的帘幕。

但星星将在夜晚守望，朝日仍旧升起，时间像海浪的起伏，掀起欢乐与痛苦。

当我想到我最后的一瞬，时间的隔栏就破裂了，我凭借着死亡之光，看到了你的世界及这世界所废弃的珍宝。它那简陋的座位，的确罕见，它那平凡不过的生活也是少有的。

我枉自追求想获得的和已获得的一切东西——统统让它们成为过去吧。只让我真实地掌握那些我一向鄙视和忽略的东西。

93

我已经获准离开，向我说再见吧，兄弟们！我向你们鞠个躬就启程了。

在此我交还我门上的钥匙——并且放弃对我房屋所有的权利，我只要求你们几句最后的赠言。

我们做过很久的邻居，但我所接纳的多过我所付出的。现在天已破晓，照亮我黑暗角落的灯盏已熄灭。召令已经来到，我就准备上路了。

94

朋友们！在我动身的一刻，祝我幸运吧！天空晨光璀璨，我的前途是瑰丽的。

不要问我带些什么到那边去。我只是带着空空的双手和一颗期待的心踏上我的旅途。

我要戴上我的结婚花冠，我穿的不是旅行者的棕红外衣，虽然路上危险正多，可是我并不在意。

在我旅程的尽头，夜晚的星星将会出现，而从王宫的大门里，将会弹奏出朦胧的凄楚旋律。

95

我并没有觉察到当我刚跨进这生命门槛的一刹那。

是一种什么力量使我在这无边的神妙中开放，像半夜里森林中的一朵花蕾。

当清晨我看到光明时，我就觉得在这世界上，我并不是个陌生者，因为一种不可思议、无可名状的东西，已经把我浸润在慈母般的柔怀里了。

就是这样，在死亡里，这同一不可知的东西，将像我的旧相识似的出现。因为我爱生命，所以我知道，我将会同样的爱死亡。

婴儿会在母亲把右乳从他嘴中拉出时啼哭，可是他却立刻会在左乳上得到安慰。

96

当我离开此地时，就让这作为我的话别词吧！就是我所看到的，是无比卓绝的。

我曾尝过光的海洋上展瓣莲花的隐藏蜜汁，如此我就被祝福了。——就让这作为我的话别词吧！

在这无尽形式的游乐室里，我已经游乐过了，在这里，我看见了那无形象的他。

我的全身因着无从接触的他的抚摩而微颤；假若死亡就此来临，那么就让他来好了。——就让这作为我的话别词吧！

97

当我同你在一起游戏时，我从没问过你是谁，我既不知羞怯也不知害怕，我的生活是骚动的。

一清早你就如同我的伙伴似的，把我从睡梦中唤醒，带着我跑过一片片的林野。

在那些日子，我从没想到去了解你对我所唱歌曲的意义。我只是随声附和着，我的心随着节拍而跳舞。

如今，游乐的日子已经过去，那突然显现在我眼前的景象是什么啊?

世界俯视着你的双脚，并和它的静穆的星群敬畏地站立着。

98

我将用战利品，用我失败的花环来装饰你。逃避而不被征服，是我永远做不到的。

我确切知道我的骄傲将会碰壁，我的生命，将会因着极端的痛苦而炸裂，我的空虚的心，将会像一支洞箫似的哭诉出哀伤的音调，顽石也会融化成泪水。

我确切知道莲花那成百的花瓣不会永远闭合，隐藏在深处的花蜜也将暴露在外。

蔚蓝的天空中，将会有只眼睛向我凝视，默默地召唤我，没有任何东西留给我，绝对没有任何的东西，只有那完全的死亡是我要在你脚下接受的。

99

当我放下舵柄的时候，我就知道该是你来接收它的时候了。该做的事情赶快把它做好，挣扎是没有用的。

那么就把手拿开，默默地接受失败吧！我的心啊，只要想到能一直安谧地坐在你的所在地，还算是幸运的。

我的几盏灯都被阵阵的微风吹熄了。为要把它们重新点起，就一再地忘却了其他的事情。

这次我要聪明些了，我把席子铺在地板上，坐在黑暗中等待，我的主，随你的高兴吧，任何时候你都可以悄悄地来到这儿坐下。

100

我潜入有形象的海洋的深处，希望捞获那无形象的完美的珍珠。

我不再划着那受尽风吹雨打的旧船，航行于各个港湾。浮沉在海浪中的日子早已过去了。

如今我渴望死到不朽中去。

我要拿着我生命的竖琴，进到那不测深渊旁边的广厅，那儿悠扬着没有声调的弦音。

我要拨弄我的琴弦，与永恒的曲调应和，当它泣诉出最后哀怨时，我就把我静默的竖琴放在静默的脚边。

101

在我的一生中，我总是用我的诗歌去寻找你。是它们引导着我，从这门到那门，我曾同它们一起去探索我，并且同它们一起寻求着接触着我的世界。

我所学过的功课，都是这些诗歌教给我的；它们把一些快捷方式指示给我，它们把我心灵中地平线的许多颗星星，带到我的眼前。

它们整天引导我到那苦乐王国的神秘中，最后，在我旅程终点的黄昏，它们要把我带到哪座王宫的大门前呢?

102

我在众人面前夸说我认识你。他们在我的作品中看到许多个你的画像。他们来问我："他是谁？"我不知道怎样回答他们，我说："我实在说不出来。"他们责骂我，带着轻蔑的神情走开。而你却坐在那儿微笑。

我把你的事迹谱成永恒的歌曲。秘密从我心中涌出。他们来问我："把所有的意思都告诉我吧！"我不知道怎样回答他们，我说："啊，谁知道那是什么意思！"他们笑笑，异常轻蔑地走开。而你却坐在那儿微笑。

103

我的上帝，在我对你的一次膜拜中，让我所有的感官都舒展在你的脚下，去接触这个世界。

在我对你的一次膜拜中，让我的全副心灵，像七月的湿云，带着欲滴的雨水，沉沉下垂般地俯伏在你的门前。

在我对你的一次膜拜中，让我所有的歌曲，集合起它们不同的调子，聚汇成一股水流，注入寂静的大海。

在我对你的一次膜拜中，让我整个的生命，像一群怀乡的白鹤日夜兼程飞向它们的山巢般，启程回到它那永久的家园。

跋

泰戈尔这本诗集是一九一三年诺贝尔文学奖的得奖作，原名为*Gitanjali*，意思是“歌颂的奉献”，集内共收长短诗歌一百零三篇，大多是对于最高自我（上帝）的企慕与赞美的颂歌，所以译作《颂歌集》。

一般来说，泰戈尔的作品，受《奥义书》的影响很大，其实他的诗是印度吠陀颂歌以来直到迦比尔（Kabir）、杜西陀（Tulsidas）及十九世纪的托露达德（Taru Dutt）等人的集大成。《颂歌集》里充满着许多微妙的、神秘的诗篇，他赞美上帝的各种手法和姿态，尤为高超而奇特，读之令人油然神往。难怪欧美读者，狂热地崇拜他的人，那么醉心地喜爱他的诗。

古印度《奥义书》的学者们隐居山林，探索自我，他们在大自然的熏陶中体会宇宙的真理，达到了超脱的境界。

同样地，泰戈尔得力于《奥义书》的传承，产生了他的森林哲学和清新诗篇。他在一本书的序文中，叙述《奥义书》的精神时说："虽则这最高自我是不可知、不可思议，但仍可通过自制和学问，用人的自我来实感它，因为两者最后是一。这样人从宇宙大力中解脱而成为神志的一部分了。"泰戈尔这本《颂歌集》，就是他"实感"的记录。

可是泰戈尔对于《奥义书》的成就是不满意的，他批评《奥义书》的学者们太偏于"理智"，太偏于"个人的完善"，说他们"通过爱与虔诚去接近真理的探索还不够"。在这本《颂歌集》里，我们可以看到泰戈尔是怎样用他的爱与虔诚来通灵。上帝固然崇高而威严，但最基本的是"爱"，所以他有时也把上帝视作朋友，甚或视作爱人。我国托物言志的诗人，写给天子的诗往往以男女的爱情来比拟君臣的恩义，这里更把这种比拟扩展到上帝身上，因此他的颂神诗也更动人。

因为泰戈尔把握了"爱"，所以他体验到的神志，使他非但要获得"个人的完善"，同时也要谋求"社会的福利"，使他以隐士的身份，来做改造社会的工作。

于是在《颂歌集》里他写出这样的诗句：

放弃这种礼赞的高唱和祈祷的低语吧！……睁开你的眼看看，上帝并不在你面前啊！

他是在犁耕着坚硬土地的农夫那里，在敲打石子的筑路工人那里。无论晴朗或阴雨，他总和他们在一起，他的衣服上沾满着尘埃。脱掉你的圣袍，甚至像他一样走下尘土满布的地上来吧！

……

放下你供养的香和花，从静坐沉思中出来吧！你的衣服变成褴褛或被染污，那又有什么关系呢？在劳动里去会见他，与他站在一起，汗流在你额头。

这是泰戈尔诗的终极意义。这是他对印度国家民族最大的贡献。

我在印度国际大学时曾看到胡适之先生在泰翁六十四岁生日时送给他的祝寿诗，题名《回向》，就是赞美他回向民间的。这诗为《胡适文存》及其他任何书中所无，现在一并抄录在这里，以供参考：

他从大风雨里过来，

向最高峰上去了。
山上只有和平，只有美，
没有风和雨了。

他回头望着山脚下，
想起了风雨中的同伴，
在那密云遮着的村子里，
忍受那风雨中的沉暗。

他舍不得他们，
但他又怕山下的风和雨。
“也许还下雹哩？”
他在山上自言自语。

他终于下山来了，
向那密云遮处走。
“管他下雨下雹！
他们受得，我也能受！”

泰戈尔的颂神诗是难译的，这本集子的初译稿，大部分完成于八年以前，译全后曾经过两次润饰修改，长女榴丽也给我校订了一遍，还是不能惬意。现在三民书局催着要印行，我在百忙中整理出来，再仔细校阅修改了一遍。因为已印的泰翁诗集《漂鸟集》《新月集》《采果集》三译本，得到许多读者的爱好，虽羞于露面，为答谢读者的厚意，也只得暂时这样出版了。

希望能给诵读此书的人一些帮助，在书后写上这几句。

文开　一九五七年六月七日于台北

新月集

家

我独自在田野的路上缓步前进，落日似守财奴般收藏他最后的黄金。

那日光深深下沉，沉入黑暗之中，那孤寂的大地静悄悄地躺着，地上的收获已经刈割掉。

蓦地里一个小孩的尖锐声音冲向天空。他横亘这冥漠的黑暗，放出他歌声的波痕来划破这黄昏的静默。

他的农舍之家在这光秃土地尽头处的蔗田那一边，隐藏在香蕉和纤长槟榔树，椰子与墨绿色榴梿树的重重浓荫中。

在我寂寞的途中，我在星光下停留了一会，看见展开在我面前那黑魆魆的大地用两臂环抱着无数的家，配备着摇篮和床，母亲的心与黄昏的灯，还有幼小的生灵们因欢乐而欢乐，可是并不知道这对于世界的价值啊！

海边

在这无垠世界的海边，孩子们相会。

这辽阔的天宇静止在上空，这流动的水波喧噪着。在这无垠世界的海边，孩子们相会，叫着，跳着。

他们用沙造他们的房屋，他们用空的贝壳玩着。他们用枯叶织成的船，一只只含笑地浮到大海里去。在这世界的海滩上，孩子们自有他们的玩意儿。

他们不懂得怎样游泳，他们不懂得怎样撒网。采珠者潜水摸珠，商人在船上航行，可是孩子们把卵石聚集起来又撒开去。他们不搜寻宝藏，他们不懂得怎样去撒网。

海水大笑着掀起波涛，苍白闪耀着海滩的笑容。凶险的浪涛对孩子们唱着无意义的歌曲，就像一个母亲正在摇着她婴孩的摇篮。大海与孩子们一起玩着，苍白闪耀着海滩的笑容。

在无垠世界的海边孩子们相会。暴风雨遨游在无径的天空，船只破裂在无轨可循的水中。死神已出来，而孩子们在玩耍。在无垠世界的海边是孩子们的伟大相会。

泉源

睡眠扑翅飞息在孩儿的眼睛上——是否有人知道这睡眠来自何处？是的，有一个传闻说：睡眠居住在森林浓荫中的神仙庄。那里，萤火虫放着朦胧的微光；那里，悬垂着两个迷人的羞涩花蕾。睡眠就从那里飞来吻着孩儿的眼睛。

微笑闪动在孩儿的嘴唇上，当他睡眠的时候——是否有人知道这微笑诞生在何处？是的，有个传闻说：一弯新月的初生之淡光碰触着消散的秋云之边缘。那里，微笑最初出生于一个露洗清晨的梦中——微笑闪动在孩儿的嘴唇上，当他睡眠的时候。

芬芳柔嫩的新鲜气开放在孩儿的四肢上——是否有人

知道这早先藏匿在何处？是的，当母亲还是一个少女，它便充满在她的心里，在爱的关注与静穆之神秘中——这芬芳柔嫩的新鲜气已在孩儿的四肢上开放。

孩儿之歌

假使孩儿要想这样，他能即刻鼓翼飞向天堂。

这不是无故的，他没有离开我们。

因为他连看不见母亲也永远不能忍受，孩儿爱把他的小头放在母亲的胸怀。

孩儿知道各种的智慧之词，虽然世上很少人能了解那些意思。

这不是无故的，他常不言不语。

他唯一的愿望是从母亲的唇边来学习母亲的说话，这是他为什么看来这样浑噩。

孩儿有大堆的金银和珍珠，他却似乞丐的模样莅临这世界。

这不是无故的，他要如此扮饰。

他要求母亲的爱之珍藏，而这可爱的赤裸小乞是冒充着全然无助。

孩儿在纤细的新月之乡没有什么约束。

这不是无故的，他放弃了自由。

他知道在母亲的心之角里有无穷的欢乐之所，抚抱在她亲爱的两臂之中，是远比自由更为甜蜜。

孩儿从来不知啼哭，他住在一个完全幸福的境邑。

这不是无故的，他选择流泪。

虽然他可爱面庞上的微笑吸引着母亲渴望的心向他，但因小小的困苦哭几声却织着爱和怜的双结。

生命的小蕾

啊，我的小孩，是谁染色那件小衣服，把你的美丽的四肢遮上那小小的红衣？

你早晨到院子里来玩，你跑路时摇摆着，颠踬着。

但是，我的孩子，是谁染色那件小衣服？

我的生命的小蕾，什么东西使你欢笑？

母亲站在门阶上对你微笑。

她拍着手，她的镯子就叮叮当当，你手里拿着竹竿像一个细小的牧夫跳着舞。

但是，我的生命的小蕾，什么东西使你欢笑？

哦，小乞，你乞求什么，用你的双手缠在母亲的颈项上？

哦，贪多的心，是不是要我把世界像一个果子一样从天上摘下来放在你红润的小手掌中？

哦，小乞，你乞求什么？

风欢快地带走你的踝铃的丁零声。

太阳笑着看你的梳洗。

你在母亲怀中睡眠时天空守着你，而清晨小心翼翼地到你床边来吻你眼睛。

风欢快地带走你的踝铃的丁零声。

那梦之主的仙女穿过薄暮的天空向你飞来。

在母亲的心中，世界母亲留着她的位置在你旁边。

他，对星星奏音乐的人，拿着他的笛站在你窗下。

那是梦之主的仙女穿过薄暮的天空向你飞来。

睡眠的偷窃者

谁从孩儿的眼睛里偷窃了睡眠？我一定要知道。

母亲把水瓶抱在她腰部到附近的村庄去汲水。

正午时候小孩们的玩耍时间已过；池子里的鸭子群也静默了。

牧童躺在榕树的阴影下瞌睡。

白鹤庄严而沉默地站立在檬果林畔的水泽中。

就在这时候，睡眠的偷窃者到来，乘机从孩儿的眼睛攫取了睡眠飞走。

当母亲回来，她发现孩儿用四肢在屋里游历。

谁从孩儿的眼睛里偷窃了睡眠？我一定要知道，我一定找到她把她锁起来。

我一定经过那些圆石和怒石，在流出一条小溪的地方去探看那暗洞。

我一定到钹古拉丛的朦胧阴影去觅寻，那里，有鸽子在一隅和鸣，仙人的踝铃在星夜的静寂中叮当。

在黄昏，我将窥视那竹林的低语之静寂，那里萤火虫挥霍它们的光，我将对我遇到的每一样生物询问："哪一个能告诉我睡眠的偷窃者住在哪里？"

谁从孩儿的眼睛里偷窃了睡眠？我一定要知道。

只要我能捉住她，难道我不给她一个好教训？

我将搜查她的巢穴，查看所有她藏放她偷来的睡眠的地方。

我要把它全部抢着带回来。

我要把她的两只翅膀牢牢地缚住，把她放在河滨。于是让她用芦苇钓鱼玩，在灯芯草与莲花之间。

当傍晚市集时间已过，村童们坐在他们母亲的膝上。于是夜鸟们将嘲弄她，向她聒耳朵：

"你现在要偷谁的睡眠？"

来源

“我从哪里来的，你在哪里拾到我？”孩子问他的母亲。

她半笑半啼地回答，紧抱着孩子在她的怀抱里——

“我的宝贝，你是藏在我心里的愿望。

你在我童年玩弄的洋娃娃中；当每晨我做我神祇的塑像；我就做你又毁你。

你同我们的家神一起被尊为神，在他的崇拜中我就崇拜你。

在所有我的希望里，我的爱里，在我生命中，在我母亲的生命中你居住着。

在那管理我们家的不死‘精神’的怀抱里你已被养育着很久。

在少女时代我的心开放花瓣时你就像芳香在上面翱翔。

你的柔和之甜蜜在我年轻的四肢上开花，像天上的曙光在旭日升起前！

天的第一个宝贝，同晨光孪生，你漂下世界生命的河流来，最后你缠在我心上了。

当我看着你的脸，我感觉不可思议；属于全体的你，现在变作我的了。

因怕失去你的缘故，紧抱你在我怀抱里。什么魔术把世界的宝物网罗在我纤弱的双臂中？”

孩子的世界

我愿我能获得我孩子自己世界之中心的静寂一角。

我知道那里有星星对他讲话，那里有天空俯身到他脸上来用痴云和霓虹娱乐他。

那些假装是不会说话的，看似永不能动弹的，都爬到他的窗前来讲故事，或带来浅碟里面装满了光亮的玩具。

我愿我能旅行于经过孩子之心的路上，能解脱一切的束缚。

那里使者无故出使奔跑于无来历国王的国土间。

那里“理性”用自己的定律做风筝来放，“真理”使“事实”从桎梏中得到自由。

领悟

当我带给你彩色的玩具，我的孩子，我明白为什么有这样颜色的变幻在云霞上，在水面上。为什么花要染着色彩——当我把彩色的玩具给你，我的孩子。

当我唱着歌使你跳舞，我才真正知道为什么树叶里有音乐，为什么浪涛传出合唱曲到静听之大地的心里去——当我唱着歌使你跳舞的时候。

当我带糖果给你贪得的手，我知道为什么花之杯中有蜜，为什么水果暗地里饱含着甜浆——当我带糖果给你贪得的手的时候。

当我吻着你脸使你微笑，我的宝贝，我确实明白什么是晨光里从天上泻下来的喜悦，什么是夏天的凉风带给我身体的愉快——当我吻你使你微笑的时候。

诽谤

我的孩子，为什么你眼睛里流着泪？

他们是多么讨厌，无缘无故地常常骂着你？

你写字时用墨水染污你的脸与手——为这事他们叫你肮脏？

呸！他们敢把那团圞的明月叫作肮脏吗，因为他把自己的脸涂上墨水？

一点点小事情他们就责难你，我的孩子。他们准备无故来挑剔。

游玩时你把衣服撕破——为这事他们就说你不整洁？

呸！他们把一个从破烂的云中微笑的秋晨叫作什么呢？

我的孩子，别理他们对你说的话。

他们把你的过失写得一大堆。

人人知道你是爱糖果的——就为这事他们叫你贪嘴吗？

呸！那么他们把我们这些爱你的人叫作什么？

裁判

说他怎么样，随便你，但我知道我的孩子的弱点。

不是因为他好我才爱他，只因为他是我的小孩。

你只试着衡量他的功和过孰多，你怎会知道他是多么令人觉得可爱？

当我不得不处罚他时，他格外成为我自己的一部分了。

当我使他流泪时，我的心也和他一同哭泣。

我自有权利去责骂和处罚，因为他只可由爱他的人来惩诫他。

玩具

孩子，你是多么快活，你坐在尘埃中，整个早晨在玩那折断的小树枝。

我笑你玩那小小的一根折断的细树枝。

我忙着我的计数，一点钟，一点钟的加着数字。

或者，你瞥见我，你想，“这是多么乏味的一种游戏，败坏了你的早晨！”

孩子，我已忘记了专心致志于棒头与泥饼的艺术。

我找出昂贵的玩具来，集合着一大批的金和银。

你找到随便什么，你创造你乐意的游戏，我既浪费我的时间，又浪费我的精力，去找我永无获得的东西。

在我易碎的独木舟中，我努力渡越那愿望之海，而忘了我也是在玩着游戏。

天文学家

我只说："当黄昏时候那团圞的月儿缠结在那棵'喀唐'树的枝丫间，没有人能捉住它吗？"

可是大大（哥哥）笑我说："囡囡，你是我所知道的顶蠢的小孩。这月儿总是离我们很远的，怎么能够有人捉住它？"

我说："大大，你是多么笨啊！当母亲向她的窗子外面探望，对我们下面的游戏微笑着，你能说她很远吗？"

大大还是说："你是一个小愚人！但是，囡囡，你哪里能够找到一面大网可以用来捉月亮吗？"

我说："当然，你能够用手捉的。"

可是大大笑着说："你是我所知道的顶蠢的小孩。如果天靠近来，你会看见月儿是怎样大的。"

我说："大大，他们在学校里教你什么胡说怪道！当母亲俯身吻我们的时候，是不是她的脸看来很大？"

可是大大还是说："你是一个小愚人。"

云与浪

妈妈，那些住在云中的人民对我喊着——

“我们游玩，从我们醒来直到一日完了。

我们同金色的黎明玩，同银色的月儿玩。”

我问：“不过我怎么能到你们那边来？”

他们回答：“到大地的边缘那里，举起你的双手向着天空，你就会被带上云中来。”

“我的母亲在家里等待我回去，”我说，“我怎能离她而到你们那边来呢？”

于是他们笑笑飘去了。

但我知道比那更好的游戏，妈妈。

我将是云而你是月。

我将用两手来遮蔽你，而我们的屋顶便变成青天。

那些住在波浪中的人民对我喊着——

“我们从早到晚歌唱着；前进，前进，我们旅行着，不知我们路经什么地方。”

我问：“不过我怎么样来加入你们？”

他们告诉我：“到岸的边缘来站着，紧闭你的双眼，你就会在波浪上被带去。”

我说：“我母亲永远要我黄昏时在家——我怎能离她而去呢？”

于是他们笑笑，跳着舞过去了。

但我知道一个比那更好的游戏。

我将是波浪，你是异乡的岸。

我要向前滚着，滚着，直到带着笑声冲碎在你的膝上。

世界上没有人能知道我们两人在什么地方。

香伯花

假使我变成一朵香伯花，只为好玩，我长在一根树枝上，高高地在那棵树上，笑着在风里摇曳，跳舞在新发芽的叶子上，你会知道我吗，妈妈?

你要喊:“宝宝，你在哪里?”于是我应该自己窃笑，忍住十分的静默。

我应该偷偷地开放我的花瓣，看好你在做什么。

当你沐浴完毕，濡湿的头发披在你肩上，你走过香伯树的影子里到小庭中去做祷告，你会闻到香伯花的香气，但不知道是我发出来的。

当午饭以后你坐在窗前阅读《罗摩衍那》，树影倒在你的头发上和膝头上，我便投我细小的影子在你书页上，正在你读着的地方。

但你会猜到这是你孩子的微影吗?

当黄昏时候，你点着灯在你手里到牛棚中去，我便骤然再跌落到地上来，仍旧做你的孩子，乞求你讲一个故事给我听！

“你这顽皮孩子，你到哪里去了？”

“我不告诉你，妈妈。”这便是你和我要说的。

仙境

假使人们知道了我的国王的宫殿在哪里，宫殿就要消失到空中去。

宫殿的墙壁是白银做成的，屋顶是发光的金子做成的。

王后住在有七座庭院的王宫里，她戴一颗宝石，那宝石价值七个国土的财富。

但是让我来用耳语告诉你，妈妈，我的国王的宫殿在哪里。

它在我们屋顶花园的角落一盆吐尔雪植物那儿。

公主睡着在遥远的七个不能航行的海岸上。

在世界上没有一个人能找到她，只有我能够。

她的手上戴着手镯；她的耳朵上戴着珠子的耳坠。她的头发伸展在地上。

她会醒来，当我用我的魔杖触她。珍珠会从她的嘴唇上滚下来，当她笑的时候。

但是让我向你耳语，妈妈，她是在那个角落，在我们屋顶花园的一盆吐尔雪植物那儿。

当你要到河里洗澡的时候，跨上那屋顶上的花园。

我坐在那角落，墙头的影子相连的角落。

只有猫咪可以和我一起，因为她知道那故事里的理发师住在什么地方。

但是，妈妈，让我在你耳边低语，那故事里的理发师住在什么地方。

那是在我们屋顶花园角落的一盆吐尔雪植物那儿。

放逐之地

妈妈，天空中的光线已经变成灰色；我不知道是什么时候了。

我的游戏没有什么趣味，所以我到你身边来。今天星期六，是我们的假日。

放开你的工作，妈妈，坐在这里靠窗口，告诉我神仙故事中的炭潘泰沙漠在哪里？

雨的阴暗整日覆盖着。

猛烈的电闪用它们的爪距搔把那天空。

当黑云发出隆隆声打着雷，我喜欢心里害怕着靠近你。

当密雨整个钟点的滴沥在竹叶上，我们的窗子被狂风吹得摇动着发出嘎嘎声来，我喜欢独自坐在房中，母亲，和你一起，听你讲神仙故事中的炭潘泰沙漠。

这在哪里，母亲，在什么海的岸上，在什么山的脚下，在什么王的国里？

那里没有篱笆来做田的界线，没有蹊径使村人在黄昏时可以回村，或者在森林里采薪的妇女可以有路带柴薪到市场上去。在沙地里只有黄草的小丛，只有一棵树在炭潘泰沙漠中，有一对聪明的老鸟在那棵树上做了窠。

我能够想象，就在这样一个暗云的日子，国王的小儿子独自骑上一匹灰马横越这沙漠，跋涉那未知的水去寻觅被禁闭在巨人宫里的公主。

当雨的阴霾在远处的天空挂下，电闪爆发像骤然痉挛的疼痛，他有没有记起他不幸的母亲，被国王所离弃，扫除着牛棚，揩拭着她的眼睛，当他骑过神仙故事的炭潘泰沙漠时？

看，妈妈，在日暮以前天已差不多黑了，已没有旅行者在村路上。

牧童早已从牧场回家去，农夫离开他们的农田坐在他们小屋檐下的席上，眼看着赧颜的云霞。

妈妈，我把我的书本都放在架子上了。——现在不要催我做功课。

当我长大，长到像父亲一样大，我会把要学的一切都学会的。

可是就在今天，告诉我，妈妈，神仙故事中的炭潘泰沙漠在什么地方?

雨天

阴沉的云在森林的乌黑边缘上飞快地聚集。

哦，孩子，不要外出。

那湖边一排棕榈树用他们的头撞击那阴郁的天空；乌鸦拖曳着翅膀默默地栖在罗望子树中，而河的东岸被浓重的昏暗所盘踞。

我们系在篱笆上的牛在高声鸣叫着。

哦，孩子，等在这里，让我把它牵进厩中去。

人们都挤入涨满水的田地，去捉那些从泛滥的池跳出的鱼；雨水似小溪一样在窄巷中流过，像一个笑着的孩子因要惹恼他的母亲而奔跑。

听啊，有人在渡口呼喊着渡船。

哦，孩子，日光已昏黑，过河的渡船已停息。

天空似乎驾着疯狂冲袭的雨阵在疾驶，河中的水喧嚣而烦躁，妇人们早已从恒河里带着她们盛满水的水瓶急忙回家。

黄昏的灯一定要预先做好。

哦，孩子，不要外出。

到市场的路已经无人行走，到河边去的巷子已经泞滑不堪。狂风在竹枝间吼叫与挣扎，犹如一只野兽诱陷在网中。

纸船

一天又一天，我把我的纸船一只又一只地漂浮在奔驰的溪流中。

我用大楷的黑字把我的名字写在船上，还有我住的村庄的名字。

我希望在有些陌生地方会有人发见它们，知道我是谁。

我把我们花园里的雪莉花载在小船里，希望这些早晨的花朵会平安地在晚上带上岸去。

我把我的纸船放下水，仰望一下天空，看见小云正放出他们白色的隆起之帆。

我不知道我的什么游伴在天上把他们送下空中来和我的船竞赛。

当夜到来，我埋我的脸在我两臂间，梦见我的许多纸船漂浮前进，前进在午夜的星光下。

睡眠的仙人们乘在这些船里，装的货物是他们的篮子满载的梦。

水手

船夫马度的船碇泊在剌奇耿奇码头。

这船只无用地装着些麻，是这样长久地闲泊在那边。

只要他愿把船借给我，我就供给它一百个划手，升起帆来，五张，六张或七张帆。

我永不驾驶它到愚笨的街市去。

我要航行于仙境的七海十三河。

不过，妈妈，不要坐在一个角落里为我而哭泣。

我不是像罗摩旃达罗一样到森林里去要等十四年才回来。

我要变成故事里的王子，把我的船装着喜欢的东西。

我要带我朋友阿苏同去。我们要欢快地航行于仙境的七海十三河。

我们要在晨光中启程。

在中午当你在池中沐浴时，我们已到一个陌生国王的领土了。

我们要路经铁尔坡尼津，把炭潘泰沙漠远离在后面。

我们回来时天要黑了，我就告诉你我所见的一切。

我要横穿仙境的七海十三河。

遥远的彼岸

我渴望到那地方去，到遥远的彼岸去，

那地方，那些小船系在竹篙上排成一条线儿；

那地方，在早晨有许多男人跨过他们的小船，肩上负着犁头，到他们远处的田中去；

那地方，牧牛人叫他们呜嗥的牛群游水过河到河边的牧场去；

那地方，在傍晚时他们都回家去，剩下那些豺狼的哀号声在那荒岛的草丛里。

妈妈，假使你不放在心上，我一定喜欢做那渡头的船夫，当我长大以后。

他们说，在那条高高的河岸后面隐蔽着不少奇怪的水潭，

那地方，成群的野鸭飞来，在雨后的晴天，水潭四周

的边缘长着深丛的芦苇，水鸟们就在这里生蛋；

那地方，群鹬摇摆着它们的舞尾，印它们的小足迹在洁净的软泥上；

那地方，在黄昏时候，那些头戴白花的一片长草邀请月光漂荡在他们的波浪上。

妈妈，假使你不放在心上，我一定喜欢做那渡船上的船夫，当我长大以后。

我将摇过去又摇过来，从这边的河岸到那边的河岸，那时村上所有的男孩与女孩都要对我惊奇，当他们在河边沐浴时。

当太阳爬到半空，清晨渐消磨为正午，我将奔跑到你面前来，说："妈妈，我饿了！"

当白昼完了，影子蜷伏在树底下，我将在薄暗中回来。

我将永不像父亲一样离开你到城里去工作。

妈妈，假使你不放在心上，我一定喜欢做渡船上的船夫，当我长大以后。

花校

当乌云在天空中发出隆隆声，六月的阵雨就开始了。

潮湿的东风，行经荒原来吹它的风笛在竹林中。

那时群花就突然从无人知道的地方出来，狂欢地在草地上舞蹈。

母亲，我真正相信花儿是到地下上学去的。

他们把门关着读书，若是他们未到时间就要出来玩耍，他们的教师就要叫他们立壁角的。

当雨季到来，他们就放假了。

森林的枝条相击，在野风中叶子发沙沙声，雷云们拍着他们巨大的手，花朵孩童们就冲出来了，穿着粉红、鹅黄与雪白服装。

你知道吗，母亲，他们的家在天上，就是有星星的地方。

你有没有看见他们是怎样急切的要到那里去？你是不

是知道他们为什么这样的匆急?

当然，我能猜得出他们对谁高举着他们的两臂。他们有他们的母亲，像我有我的一样。

商人

妈妈，设想你住在家里，我旅行远赴异乡。

设想我的小船已经停在码头满装着货物。

现在，好好儿想，妈妈，你说什么我便带给你，当我回来的时候。

妈妈，你要不要一堆一堆的黄金？

那里，在金河的岸边，田地中满是黄金的收获。

还有森林荫翳的路上金黄的香伯花落到地上来。

我将把它们聚集起来一起给你，装满千百只的筐子。

妈妈，你要不要像秋天雨点一样大的珍珠？

我将经过珍珠岛的海岸。

那里在日出的晨光中珍珠在草地的花卉上颤动，珍珠落在草上，珍珠被撒野的海浪喷散在沙上。

我的哥哥会有一对生翼的马儿可以飞在云端里。

给父亲呢，我会带来一支魔笔，用不到他的知晓，笔自己会写字。

给你呢，妈妈，我一定有小箱子与那珠宝，价值七个国王的国土。

同情

假使我只是一只小狗，不是你的孩儿，亲爱的妈，你要不要对我说“不”，当我要从你的碟中来吃东西？

你是不是要把我赶走，对我说着：“滚开，你这顽皮的小狗！”

那么，去吧，妈，去吧！我将永不理睬你，不管你怎么样叫我，而且我将永不让你来喂我一些。

假使我只是一只小小的绿色鹦鹉，不是你的孩儿，亲爱的妈，你要不要怕我飞去而把我用链锁牢？

你是不是要对我摆着手指说：“一只多么可鄙的忘恩鸟！它日夜在咬它的锁链？”

那么，去吧，妈，去吧！我要逃到森林中去了；我将永不再让你抱我在怀中。

职业

早晨钟响十下时，我沿着我们那条巷走向学校。

每天我逢到那小贩喊着："手镯，水晶手镯！"

没有什么使他匆促，没有他一定要走的路，没有地方他必须要去，没有他必须回家的时间。

我愿我是一个小贩，整天消磨在路上，喊着："手镯，水晶手镯！"

下午四时我从学校回家。

我能从那间屋子的大门看见花匠在掘地。

他用他的铲做他喜欢的工作，他把自己的衣服涂满了尘埃，没有人来责备他，如果他在太阳里熏晒或被雨水打湿。

我愿我是一个花匠，在园中掘土，没有人来阻止我。

就在傍晚天黑，母亲叫我去睡觉时，我可以从开着的窗中看见那更夫来去地踱着。

巷里黑暗而寂寞，街灯站在那里像一个巨人，他的头上有一只红眼睛。

更夫晃着他的灯笼，他的影子跟在他旁边一起走着，他生平从没有一次到床上去过。

我愿我是一个更夫，整夜在街上踱着，带着我的灯笼追赶那影子。

年长者

妈妈，你的孩儿是这样的笨！她是怎样可笑的孩子气啊！

她不知道路上的灯光与星的光有什么不同。

当我们玩要吃卵石，她想它们是真的食物要把它们放在她的嘴里。

当我揭开一本书在她面前叫她学她的a、b、c，她用她的手将书页撕碎，发出快乐的声音，不当什么一回事。

这是你的孩儿做她的功课的方法。

当我发怒对她摇摇头，骂她顽皮，她就大笑，以为很有趣。

大家知道父亲出去了，但是如果在玩要时我喊着“爸爸”，她就看来看去很兴奋，以为父亲就在附近。

当我为那洗衣人带来的驴子上课，我警告她，我是校长。她无缘无故地尖声怪叫，还是叫我哥哥。

你的孩儿要想捉住月儿，她是多么滑稽，她把象头神叫作强头神。

妈妈，你的孩子是这样的笨，她是怎么样可笑的孩子气啊！

小大人

我是小的，因为我是一个小孩子，我会变高大，当我像父亲一样年纪。

我的先生走来对我说："现在不早了，拿你的石板和书来。"

我就要告诉他："你不知道我已经和父亲一样大了吗？我一定不必再读什么书了。"

我的先生就要惊奇地说："他可以不读书，如果他欢喜，因为他已经长大了。"

我要盛装了我自己到市场去，那里的人群密集着。

我的伯父就要冲上来说："你要迷失的，我的孩子，让我来抱你。"

我就要回答："你有没有看见，伯父，我已经和父亲一样大了？我一定要独自到市场去。”

伯父就要说：“是的，他喜欢到哪里去，他就可以到哪里去，因为他已经长大了。”

母亲将从她的沐场回来，知道我要把钱给我的保姆，因为我问着怎样用我的钥匙开箱子。

母亲就要说：“你在做什么事，顽皮孩子？”

我就要告诉她：“妈妈，你不知道我已经和父亲一样大了吗？我一定要拿银子给我的保姆。”

母亲就要对自己说：“他可以喜欢把钱给谁便给谁，因为他已经长大了。”

在十月的假期里，父亲要回家来，他想我仍旧是个婴孩，就要从城里带给我小鞋子和小丝衣。

我就要说：“爸爸，把这些给我的哥哥，因为我已经和你一样大了。”

父亲就要想着说：“他可以买自己的衣服，如果他欢喜，因为他是长大了。”

十二点钟

妈妈，我现在不要再做功课了，我已经读了一早晨的书了。

你说现在还不过只是十二点钟。

假使这钟没有一点儿慢，那么，实在只是十二点钟，但你为什么不能当作是午后呢？

我能很容易地想象，现在那太阳已经落在那稻田的边缘了，还有那个卖鱼的老妇人在池塘边采集草头做晚饭。

我能闭上我的眼睛就想起那黑影在玛大树下慢慢地浓起来，还有那池塘里的水看起来有着黑色的光泽。

如果十二点钟能在晚上来，为什么晚上不能在十二点钟来呢？

写作

你说父亲写许多书，但是他写的什么我都不懂。

他一黄昏都在读给你听，但是你真的能辨出他说的是什么意思吗？

妈妈，你能告诉我们多么有趣的故事，我奇怪为什么父亲不能那样写？

是不是他从来没有在自己的母亲那里听到巨人、仙人和公主的故事？

是不是他都忘记了？

常常当他迟来洗澡时，你就要去叫他一百遍。

你等他，把他吃的东西弄热，但是他只管写下去，忘记了。父亲一向在玩着书。

无论何时我到父亲的房间里去玩，你就要来对我说：

“多么顽皮的孩子！”

如果我发出小小的声音，你就说：“你没有看见父亲在做事吗？”

常常写字有什么趣味？

当我拿起父亲的钢笔或铅笔来，就像他一样的在他的书上写a、b、c、d、e、f、g、h、i，为什么你就要对我光火，妈妈？

你一句话都不说，当父亲在写稿子。

当父亲浪费这样一大堆纸，妈妈，你似乎一点都不在乎。

可是，我不过拿一张纸做只船，你就说：“孩子，你多么讨厌啊！”

不知你怎样想，对于父亲损坏的一张又一张的纸，把两面都写着黑色的记号？

可恶的邮差

为什么你很静寂，很沉默地坐在那边地板上？告诉我，亲爱的妈妈。

雨从开着的窗子外面进来，把你满身落湿了，但是你不放在心上。

你没有听到那时钟敲四点吗？这是我哥哥要从学校回来的时候了。

你遇到什么事了？为什么你看起来很冷淡？

今天你收到一封父亲寄来的信吗？

我看见那邮差在镇上送他邮袋里的信，几乎每一个人家都有了。

只有父亲的信他收起来留着自己读，我断定那邮差是个坏人。

但是不要因为这事便不快乐，亲爱的妈妈。

明天邻村是赶集的日子，你叫你的女仆去买点纸笔来。

我自己来写许多父亲的信；你会找不出一点儿错处。

我要从a一直写到k。

但是妈妈，你为什么要笑?

难道你不相信我能写得像父亲一样好吗?

但是我要小小心心地用我的纸画线，把许多字母都写得美丽的巨大。

当我写完了，你是不是以为我要像父亲那样笨得把它们放在那个可恶邮差的邮袋里去呢?

我要自己把信送给你，不必等待，我就一字字的帮你读我的信。

我知道那个邮差不愿意送给你真正的好信。

英雄

妈妈，让我们想象我们在旅行中，途经一个奇异而危险的国家。

你坐在一顶轿子里，我骑着一匹红马跟着你。

傍晚的时候，太阳正西沉，乔拉提奇荒地的一片灰白色展开在我们前面。那地区荒瘠而无人烟。

你惊怖地想着——“我不知道我们到了什么地方了?”

我对你说:“妈妈，不要害怕。”

那草原都是针刺的铁钉草，通过这里只有一条湮没了的狭径。

那地方，田野间不见牲口；那牛群已到村上的牛棚里去了。

天暗下来了，地上也墨黑，我们不能说出我们在向哪里走。

你忽然喊我，低低地问我："这是什么光，在靠近那岸边?"

就在这当儿，一个可怖的喊声迸发出来，一群人马奔跑着向我们冲来。

你蹲伏在轿子里，口中喃喃地祷告，背诵诸神的名字。

轿夫们惊骇到战栗，都躲到荆棘中藏匿起来。

我对你喊道："不要怕，妈妈，有我在这里。"

他们手里都拿着长棒，头上的头发是散乱的。他们近来了，近来了。

我高喊："当心！你们这些恶棍！再走上一步，要你们的命!"

他们又一阵可怕的呐喊，便向前冲锋。

你紧握着我的手说："亲爱的孩子，千万不要冒失，你躲开他们。"

我说："妈妈，你看我就得了。"

于是，我策动我的马疾驰，我的剑与盾铿铿作声，和他们互击。

战斗进行得十分可怖，妈妈，你在轿子里看见了，会使你一阵寒战。

许多人逃窜了，一大批人被斩成一块块的。

我知道你呆坐在那里，你在想，你的孩子这时一定被杀了。

可是我却到你身边来了，满身染着鲜血，我说："妈妈，现在打完了。"

你走出轿子来吻我，把我紧抱在心口，你自言自语地说："我不知道我该怎么办？如果没有我的孩子护送我。"

千千万万无谓的事情一天天发生着，为什么不能有机会真的来一桩这样的事情呢？

这会好像书里的一个故事的。

我的哥哥会说："这是可能的吗？我一向想他是这样的柔弱！"

我们庄上的人就都要惊愕地说："这不是很幸运的吗，有这男孩伴着他的母亲？"

终结

现在是我去的时候了，妈妈，我去了。

在寂寞的黎明之鱼肚白的黑暗中，当你在床上伸出你的两臂来抱你的孩儿，我将说:“孩儿不在那里。”——妈妈，我去了。

我将变成清风来抚爱你；当你沐浴时我将成水中的微波，吻着你，又吻着你。

在狂风的夜里，当雨点落在叶上起声时，你在你床上将听到我的低语，而我的笑声将跟着闪电从开着的窗中同进你房中。

如果你想念你的孩儿而且到夜深不寐，我将从星斗中对你唱:“睡吧，妈妈，睡吧。”

你睡着时，我将在流荡的月光中偷偷地来到你的床上，当你睡着了，躺在你怀抱里。

我将变成一个梦，溜进你眼睑微合的隙缝中，深入你睡眠之境；当你醒来惊恐地探视你周围，我就飞出来像闪光的萤火掠入黑暗中。

当那盛大的普佳节到来，邻人的孩子们都来屋子四周玩耍，我要融化在笛的乐声中，整天在你心中震荡着。

亲爱的姨母将带着普佳节的礼物来问："姐姐，我们的孩儿呢？"妈妈，那么你轻轻地对她说："他在我的瞳仁中，他在我的身体中，我的灵魂中。"

招魂

她离开的时候，夜是黑漆漆的，他们都睡熟了。

现在夜是黑的，我叫唤着她：“归来啊，我的宝贝；世界睡着了，星星默默地望着星星，如果你回来一会儿，没有人会知道的。”

她离开的时候，树林刚放芽，春天还年轻。

现在花朵已盛放，我呼唤着：“归来啊，我的宝贝。孩子们随意玩耍，把花朵采集了又撒开。如果你来拿一朵小花，没有人会觉察的。”

那些玩耍的人，仍在玩耍，生命是这样的被浪费。

我听着他们的喋喋谈话声而叫唤：“归来啊，我的宝贝，母亲的心充满着爱，如果你来向她偷一个小小的吻没有人会妒忌的。”

第一次的茉莉花

啊，这些茉莉花，这些白色的茉莉花！

我似乎还记得当我用我两手捧着这些茉莉花的第一天，这些白色的茉莉花。

我爱过那阳光，那苍天和绿色的大地；

我听见过子夜的黑暗中飘着的河水之流泻的淙淙；

秋天的落日，在寂寞的荒野的路弯向我迎来，像一个新娘举起她的面幕来接受她的爱人。

但是我的记忆仍为我儿时第一次手执的几朵白茉莉花而芬芳。

在我的生命中带来了好多欢快的日子，在节日的夜里，我曾同寻乐的人们笑语。

在雨的灰色之晨，我低唱过好多一支一支的闲歌。

我在我颈上戴了爱之手所织的白古菈的黄昏花环。

但是我的心是甜蜜的，当我记忆起那些在我儿时，第一次捧在我手里的几朵新鲜的茉莉花。

榕树

啊，枝丫参差的榕树，站在池塘岸上，你有没有忘记那小孩子，像那些鸟儿一样在你枝叶间巢居而又飞去了的小孩？

你记得吗？他坐在窗口，惊奇地望着你那些向地下投陷的根之纠缠。

女人们带着水瓶到池里来汲水，而你巨大的黑影就开始在水面蠕动，像睡眠挣扎着要醒来。

日光在水波上舞蹈，像不息地梭织着金色的绣帷。

两只鸭子游过垂影下来的草丛的边缘，那孩子就静坐着沉思。

他渴想着要变成风来吹过你的沙沙发声的枝丫，变成你的阴影，跟着日光在水上伸延，变成一只鸟栖息在你最高的枝上，或像那些鸭子在杂草与阴影中漂浮。

祝福

祝福于这颗小心，这洁白的灵魂，他给我们的大地赢得了天空的吻。

他爱太阳的光明，他爱看母亲的脸。

他没有学会去轻蔑尘埃，去渴望黄金。

紧抱他在你心里，祝福他。

他来到这有成百十字路的地方。

我不知道他为什么从群众中挑选你，到你门前来，紧握住你的手问他的路。

他会跟随着你，有说有笑，心中不存丝毫怀疑。

保守他的信心，领他走正路，并祝福他。

把你的手放在他头顶，祈祷：虽然底下的浪涛在增加狂暴，但上面的风也会来把他的帆张满，吹他到平安之港。

别在匆忙中忘却他，让他到你心里来，祝福他吧。

礼物

我的孩子，我要给你样东西，因为我们在世界的河流上漂泊。

我们的生命会被分散，而我们的爱会被忘却。

但我并不笨拙到希望能用礼物来买你的心。

你还年幼，你的路是长的，你一口喝干了我们给你的爱，转身跑开了。

你有你的玩耍，你有你的游伴，如果你没有时间或心思来伴我们，那对我们有什么伤害。

是的，我们年老了，有空闲来数过去的光阴，在我们的心里抚爱那我们的手已经永远失去的东西。

河流歌唱着向前疾进，冲破一切的障碍。但那山岳却留在那里，忆念着她，用他的爱跟随她的前程。

我的歌

我的孩子，这首我的歌将扬起乐声，像爱之欢欣的手臂来盘绕你。

这首我的歌将如一个祝福的吻抚触你的额头。

当你独自时我的歌会坐在你旁边，在你耳中低语。当你在众人之间，我的歌会用超然来守卫你。

我的歌将如你梦的双翼，运送你的心到未知的边缘去。

我的歌将如忠心的星照在你头上，当黑夜隐没了你的道路。

我的歌将坐在你眼睛的瞳仁里，带你的视线看进东西的心里去。

还有，当我的声音在死亡中静止，我的歌会在你活着的心中言语。

小天使

他们喧闹，他们格斗，他们猜疑与失望，他们争吵着不知终结。

我的孩子，让你的生命到他们当中去，像光明的火焰，安定而纯洁，你使他们快乐得静默下来。

他们残暴地贪婪着，忌妒着，他们的言辞有如隐藏的刀，正渴于饮血。

去，我的孩子，去站在他们不欢之心的中间，让你温和的眼睛落在他们身上，犹如黄昏的慈爱之和平盖没那日间的争扰。

让他们看你的脸，我的孩子，因而知道一切事物的意义；让他们爱你，因而彼此相爱。

来，我的孩子，坐在无限的怀抱里，在日出时开启而振作你的心，犹如一朵开放的花，在日落时，垂下你的头，在静默中完成这一天的礼拜。

最后的交易

“来啊，来雇用我。”我叫喊着，早晨我在石子铺的路上行走。

剑在手，国王在他的战车中到来。

他拉着我的手说：“我用我的权力来雇用你。”

但是，他的权力全无价值，他乘着他的战车走了。

日中的暑热里，那些屋子都关着门。

我在一条曲巷里漫步。

一个老者提着一袋黄金出来。

他考虑了一下说：“我用金钱来雇用你。”

他一个一个地计算他的钱币，我回转身来走了。

那是黄昏，花园的篱笆盛开着花。

一个美女出来说："我用笑来雇用你。"

她的笑容淡下来融成眼泪，她独自回到黑暗中去了。

太阳在沙滩上闪光，海波任性地破碎成浪花。

一个孩子坐着玩弄贝壳。

他仰起头来，似乎认得我地说：

"我用无物雇用你。"

从那时起，那交易就在孩子的游戏中成功，使我成为自由人。

附注

本书内《仙境》《年长者》《小大人》《十二点钟》《写作》《可恶的邮差》六篇为糜凤丽女士所译。

泰戈尔年表

1861年	泰戈尔出身于印度加尔各答一个富有哲学、文学、艺术修养的家庭。他的父亲是一位地方的印度教宗教领袖。泰戈尔是家中的第十四子。
1869—1878年	八岁开始写诗,十二岁开始写剧本,十五岁发表了第一首长诗《野花》,十七岁发表了叙事诗《诗人的故事》。
1878年	赴英国伦敦大学学院留学。
1880年	回国专门从事文学创作。
1901年	在家乡圣地尼克坦创办实验学校,后发展成为印度国际大学。
1903年	发表《新月集》。
1910年	长篇小说《戈拉》发表。同时,还创作了象征剧《国王》《邮局》,以及讽刺剧《顽固堡垒》。同年,孟加拉文诗集《颂歌集》出版,后泰戈尔旅居伦敦时将《颂歌集》《渡船》《奉献集》里的部分诗作译成英文。
1913年	发表《园丁集》。同年,获得诺贝尔文学奖,为第一位获此奖的亚洲人。

1915年	结识甘地。
1916年	发表《漂鸟集》。
1924年	应邀访华。同年,《中国的谈话》出版。本书是泰戈尔来华时在北京、上海等地所做演讲、谈话的合集,体现了泰戈尔对中国的深切情谊及对爱与美、和平与自由的追求。
1926年	出版《红夹竹桃》。
1930年	访问苏联,后创作《俄罗斯书简》一书。
1934年	意大利法西斯军队侵略埃塞俄比亚,泰戈尔严厉谴责。
1936年	西班牙爆发了反对共和国政府的叛乱,泰戈尔明确反对佛朗哥的倒行逆施。
1938年	德国法西斯侵略捷克斯洛伐克,泰戈尔写信表示对捷克斯洛伐克人民的关怀和声援。
1941年	泰戈尔在其生日留下控诉英国殖民统治和相信祖国必将获得独立解放的著名演讲《文明的危机》。同年8月6日,他在加尔各答祖宅里平静地离开人世,成千上万的市民为其送葬。

图书在版编目（CIP）数据

生如夏花：泰戈尔诗选 /（印）泰戈尔著；糜文开，糜榴丽译. —南京：译林出版社，2020.1

（经典诗歌译丛）

ISBN 978-7-5447-8004-9

Ⅰ.①生… Ⅱ.①泰… ②糜… ③糜… Ⅲ.①诗集－印度－现代 Ⅳ.①I351.25

中国版本图书馆 CIP 数据核字（2019）第 217222 号

生如夏花：泰戈尔诗选 [印度] 泰戈尔 / 著 糜文开 糜榴丽 / 译

责任编辑 张 睿
装帧设计 韦 枫
校　　对 蒋 艳
责任印制 颜 亮

出版发行 译林出版社
地　　址 南京市湖南路 1 号 A 楼
邮　　箱 yilin yilin.com
网　　址 www.yilin.com
市场热线 025-86633278
排　　版 南京展望文化发展有限公司
印　　刷 恒美印务（广州）有限公司
开　　本 880 毫米 × 1230 毫米 1/32
印　　张 17.125
插　　页 4
版　　次 2020 年 1 月第 1 版　2020 年 1 月第 1 次印刷
书　　号 ISBN 978-7-5447-8004-9
定　　价 49.00 元